LANGENSCHEIDT-LEKTÜRE 62
THANATOS PALACE HOTEL

ENGLISCH

4	**Strange Adventures**	Abenteuergeschichten, die sich besonderer Beliebtheit erfreuen.
13	**13 Whodunits**	Kriminalgeschichten u. a. von Agatha Christie, O. Henry und Saki.
15	**Laugh and Be Merry!**	Köstlicher britischer Humor in Short Stories und Witzen.
42	**Short Stories**	Ausgesuchte Erzählungen, die sich durch ihren hervorragenden Stil auszeichnen.
60	**Humorous Short Stories**	Spaßige Situationskomik und amüsante Schlaglichter auf englische Originalität.
61	**The Birds/Kiss Me Again, Stranger**	Hier – die Vorlage für Hitchcocks Thriller, dazu ein weiterer Shocker.
66	**A Steinbeck Reader**	Vier Kurzgeschichten des großen amerikanischen Erzählers.
67	**Murder! Murder? Murder!**	Fünf Mordgeschichten und fünf ungewöhnliche Täter – besonders spannende Lektüren.
70	**So spricht der Amerikaner!**	Eine kleine Einführung in das Amerikanische Englisch.
71	**Spotlights**	15 englische und amerikanische Kurzgeschichten.
72	**Scoundrels**	Zwei leichte englische Kurzgeschichten.

FRANZÖSISCH

44	**Nouvelles françaises**	Eine Sammlung literarisch interessanter französischer Novellen.
57	**Textes français modernes**	Humoristische und ernste „Auskünfte" über historische und kulturgeschichtliche Themen.
59	**Images de la France**	Französische Texte über Land und Leute.
62	**Thanatos Palace Hotel**	Novellistische Kostbarkeiten, wie sie nur aus der Feder André Maurois' fließen können.
68	**Humour à gogo**	Typische Witze sind in diesem Lektüreband mit humorvollen Kurzgeschichten vereinigt.

ITALIENISCH

7	**Un po' di tutto**	Aktuelle Einblicke in die Verhältnisse des Landes und in das Geistesleben des Volkes.
69	**Storie poliziesche**	Moderne italienische Kriminalgeschichten – sie halten den Leser bis zur letzten Seite gefangen.

RUSSISCH

55	**Moderne russische Erzählungen**	Typische Kurzgeschichten, teils humoristisch, teils ernst.
56	**Leichte russische Kurzgeschichten**	Populäre Aufsätze, Anekdoten, Sprichwörter und Kurzgeschichten.

SPANISCH

36	**Cuentos españoles**	Charakteristische Erzählungen aus dem spanischen Volksleben.
58	**Lecturas amenas**	Humorvolle Erzählungen in spanischer Umgangssprache.
65	**Rodando por España**	Interessante Einblicke in das Alltagsleben des spanischen Volkes.

Langenscheidt-Lektüre 62

Thanatos Palace Hotel

und 6 weitere französische Kurzgeschichten
von André Maurois

LANGENSCHEIDT
BERLIN · MÜNCHEN · LEIPZIG · WIEN · ZÜRICH · NEW YORK

Abkürzungen

engl.	englisch
etw.	etwas
f	weiblich
F	familiär
f/pl.	weibliche Mehrzahl
j-m	jemandem
j-n	jemanden
m	männlich
m/pl.	männliche Mehrzahl
q.	quelqu'un *jemand(en)*
qch.	quelque chose *etwas*
s.	sich

Auflage: 12. 11. 10. 9.   *Letzte Zahlen*
Jahr: 1998 97   *maßgeblich*

© *by the Estate of André Maurois*
Druck: Druckhaus Langenscheidt, Berlin-Schöneberg
Printed in Germany · ISBN 3-468-44620-9

André Maurois (1885—1967)

(Pseudonym für Emile Herzog) war Schüler des berühmten französischen Pädagogen und Philosophen Alain, später Erzieher am englischen Königshof. Seit 1938 war er Mitglied der Académie Française. Bekannt geworden ist er vor allem durch seine z. T. in Romanform geschriebenen Biographien: Ariel ou la Vie de Shelley (1923), Byron (1930), Lélia ou la Vie de George Sand (1952), Olympio ou la Vie de Victor Hugo (1953), Prométhée ou la Vie de Balzac (1955).

Neben Werken biographischen und historischen Charakters veröffentlichte Maurois Romane und Erzählungen, die auch in Deutschland bekannt wurden: Climats (Wandlungen der Liebe, 1929), Terre promise (Claire oder das Land der Verheißung, 1957), Les roses de septembre (Rosen im September, 1957).

Die Titelerzählung des vorliegenden Bandes „Palace Hotel Thanatos" lief 1969 als Film im Ersten Deutschen Fernsehen unter dem Titel „Tod auf Bestellung".

Seelische Abgründe, hinter elegantem Geplauder verborgen, werden auch in den anderen Erzählungen dieses Bandes geschildert. Immer wieder kreist Maurois in seinen Erzählungen um das Thema Liebe, Begegnung und Abschied. Man könnte seine Erzählkunst, die sich im deutschen Sprachraum viele Freunde erworben hat, ungefähr mit derjenigen eines Stefan Zweig vergleichen.

Table des matières

Thanatos Palace Hotel 9
L'escale 33
Le départ 58
Le testament 80
La foire de Neuilly 88
Irène 96
Après dix ans 101

Erklärung der Aussprachebezeichnung

Die Aussprachebezeichnung ist in der Lautschrift der Association Phonétique Internationale wiedergegeben.

Bei zwei- und mehrsilbigen Wörtern steht vor der betonten Silbe das Tonzeichen ('). Die Vokaldehnung wird durch : hinter dem betreffenden Vokal bezeichnet.

a) Vokale

Zeichen	Lautcharakteristik	Aussprache			
		verwandter deutscher Laut		französ. Beispiel	
		kurz	lang	kurz	lang
a	helles a	Ratte	Straße	rat	courage
ɑ	dunkles a	Mantel	Vater	bas	pâte
ã	nasaliertes a	—	—	temps	ample
e	geschlossenes e	Edikt	—	été	—
ɛ	offenes e	fällen	gähnen	après	mère
ɛ̃	nasaliertes e	—	—	fin	plain-dre
ə	dumpfes e, deutliche Lippenrundung	Hacke	—	le; prêtre	—
i	geschlossenes i	vielleicht	Dieb	cri	dire
o	geschlossenes o	Advokat	Sohle	pot	fosse
ɔ	offenes o	Ort	—	Paul	fort
õ	nasaliertes o	—	—	mon	nom-bre
ø	geschlossenes ö	—	schön	nœud	chan-teuse
œ	offenes ö	öfter	—	œuf	fleur
œ̃	nasaliertes ö	—	—	parfum	humble
u	geschlossenes u	Mut	Uhr	goût	tour
y	geschlossenes ü, deutliche Lippenrundung	amüsie-ren	Mühle	aigu	mur

b) Konsonanten

Zeichen	Lautcharakteristik	Aussprache verwandter deutscher Laut	französ. Beispiel
p	⎫ stimmlos, aber ohne nachfolgende	platt	paix
t	⎬ Hauchung (Aspiration)	Topf	table
k	⎭	Karte	camp
f	stimmlos	Folge	fuir
s	,,	Gasse	sentir
ʃ	,,	Schaden	chanter
b	stimmhaft	Birne	beau
d	,,	dort	droit
g	,,	gehen	gant
v	,,	Wein	vin
z	,,	Sonne	maison
ʒ	,,	Genie	je
j	wie deutsches j in „Jahr"	Champion	ration
l		laden	fouler
r		reichen	ronger
m		Mann	mou
n		nein	nul
ɲ	mouilliertes n (n mit Mundstellung j)	Champagner	cogner
ŋ	nasaler Verschlußlaut, im Französischen nur in Fremdwörtern	—	meeting [mi'tiŋ]

c) Halbvokale (Halbkonsonanten)

w	gleitendes u	—	oui
ɥ	gleitendes ü	—	muet

Thanatos Palace Hotel

— Combien, *Steel*? demanda Jean Monnier.
— 59 1/4, répondit une des douze dactylographes. Les cliquetis de leurs machines esquissaient un rythme de jazz. Par la fenêtre, on apercevait les immeubles géants de Manhattan. Les téléphones ronflaient et les rubans de papier, en se déroulant, emplissaient le bureau, avec une incroyable rapidité, de leurs sinistres serpentins couverts de lettres et de chiffres.
— Combien, *Steel*? dit encore Jean Monnier.
— 59, répondit Gertrude Owen.
Elle s'arrêta un instant pour regarder le jeune Français. Prostré dans un fauteuil, la tête dans les mains, il semblait anéanti.
« Encore un qui a joué », pensa-t-elle. « Tant pis pour lui !... Et tant pis pour Fanny... »
Car Jean Monnier, attaché au bureau de New-York de la Banque Holmann, avait épousé, deux ans plus tôt, sa secrétaire américaine.
— Combien, *Kennecott*? dit encore Jean Monnier.
— 28, répondit Gertrude Owen.
Une voix, derrière la porte, cria.

cliquetis [klik'ti] *m*	Klappern
esquisser	entwerfen
immeuble *m*	Gebäude
géant	riesig
ronfler	schnarren
ruban *m*	Band, Streifen
sinistre	unheimlich
serpentin *m*	Schlange
prostré	entkräftet
anéanti	vernichtet

Harry Cooper entra. Jean Monnier se leva.

— Quelle séance ! dit Harry Cooper. Vingt pour cent de baisse sur toute la cote. Et il se trouve encore des imbéciles pour dire que ceci n'est pas une crise !

— C'est une crise, dit Jean Monnier, et il sortit.

— Celui-là est touché, dit Harry Cooper.

— Oui, dit Gertrude Owen. Il a joué sa chemise. Fanny me l'a dit. Elle va le quitter ce soir.

— Qu'est-ce qu'on y peut ? dit Harry Cooper. C'est la crise.

*

Les belles portes de bronze de l'ascenseur glissèrent.

— *Down*, dit Jean Monnier.

— Combien, *Steel* ? demanda le garçon de l'ascenseur.

— 59, dit Jean Monnier.

Il avait acheté à 112. Perte : cinquante-trois dollars par titre. Et ses autres achats ne valaient pas mieux. Toute la petite fortune jadis gagnée dans l'Arizona avait été versée pour marge de ces opérations. Fanny n'avait jamais eu un *cent*. C'était fini. Quand il fut dans la rue, se hâtant vers son train, il essaya d'imaginer l'avenir. Recommencer ? Si Fanny montrait du courage, ce n'était pas impossible. Il se souvint de ses premières luttes, des troupeaux gardés dans le désert, de sa rapide ascension.

séance *f*	*Sitzung; Veranstaltung*
baisse *f*	*Sinken*
cote *f*	*Kurszettel*
imbécile *m*	*Dummkopf*
perte *f*	*Verlust*
se hâter	*s. beeilen*

Après tout, il avait à peine trente ans. Mais il savait que Fanny serait impitoyable.

Elle le fut.

Lorsque le lendemain matin, Jean Monnier se réveilla seul, il se sentit sans courage. Malgré la sécheresse de Fanny, il l'avait aimée. La négresse lui servit sa tranche de melon, sa bouillie de céréales, et demanda de l'argent.

— Où la maîtresse, *Mister* ?

— En voyage.

Il donna quinze dollars, puis fit sa caisse. Il lui restait un peu moins de six cents dollars. C'était de quoi vivre deux mois, trois peut-être... Ensuite ? il regarda par la fenêtre. Presque chaque jour, depuis une semaine, on lisait dans les journaux des récits de suicides. Banquiers, commis, spéculateurs préféraient la mort à une bataille déjà perdue. Une chute de vingt étages ? Combien de secondes ? Trois ? Quatre ? Puis cet écrasement... Mais si le choc ne tuait pas ? Il imagina des souffrances atroces, des membres brisés, des chairs anéanties. Il soupira, puis, un journal sous le bras, alla déjeuner au restaurant et s'étonna de trouver encore bon goût à des crêpes arrosées de sirop d'érable.

*

— « Thanatos Palace Hotel, New Mexico... » Qui m'écrit de cette adresse bizarre ?

impitoyable	*unerbittlich*
bouillie [bu'ji] *f* de céréales	*Haferbrei*
récit *m*	*Bericht*
suicide [sɥi'sid] *m*	*Selbstmord*
commis *m*	*Angestellter*
chute *f*	*Sturz*
écrasement *m*	*Zermalmen*
atroce	*furchtbar*
chair *f*	*Fleisch*
sirop [si'ro] *m* d'érable	*Ahornsirup*

Il y avait aussi une lettre de Harry Cooper, qu'il lut la première. Le patron demandait pourquoi il n'avait pas reparu au bureau. Son compte était débiteur de huit cent quatre-vingt-treize dollars ($ 893)... Que comptait-il faire à ce sujet ?... Question cruelle, ou naïve. Mais la naïveté n'était pas l'un des vices de Harry Cooper.

être débiteur	verschuldet sein
à ce sujet	in dieser Beziehung
vice m	Fehler, Laster

L'autre lettre. Au-dessous de trois cyprès gravés, on lisait :
THANATOS PALACE HOTEL
Directeur : Henry Boerstecher.

« *Cher Mr. Monnier :*

« *Si nous nous adressons à vous aujourd'hui, ce n'est pas au hasard, mais parce que nous possédons sur vous des renseignements qui nous permettent d'espérer que nos services pourront vous être utiles.*

au hasard	aus Zufall, aufs Geratewohl
renseignement m	Auskunft

« *Vous n'êtes certainement pas sans avoir remarqué que, dans la vie de l'homme le plus courageux, peuvent surgir des circonstances si complètement hostiles que la lutte devient impossible et que l'idée de la mort apparaît alors comme une délivrance.*

surgir	auftauchen
circonstance f	Umstand
hostile	feindselig, -lich
délivrance f	Erlösung

« *Fermer les yeux, s'endormir, ne plus se réveiller, ne plus entendre les questions, les reproches... Beaucoup d'entre nous ont fait ce rêve, formulé ce vœu... Pourtant, hors quelques cas très rares, les hommes n'osent pas s'affranchir de leurs maux, et on le comprend lorsqu'on observe ceux d'entre eux*

reproche m	Vorwurf
s'affranchir	s. befreien

qui ont essayé de le faire. Car la plupart des suicides sont d'affreux échecs. Tel qui a voulu se tirer une balle dans le crâne n'a réussi qu'à se couper le nerf optique et à se rendre aveugle. Tel autre qui a cru s'endormir et s'empoisonner au moyen de quelque composé barbiturique, s'est trompé de dose et se réveille, trois jours plus tard, le cerveau liquéfié, la mémoire abolie, les membres paralysés. Le suicide est un art qui n'admet ni la médiocrité, ni l'amateurisme, et qui pourtant par sa nature même, ne permet pas d'acquérir une expérience.

« Cette expérience, cher Mr. Monnier, si, comme nous le croyons, le problème vous intéresse, nous sommes prêts à vous l'apporter. Propriétaires d'un hôtel situé à la frontière des Etats-Unis et du Mexique, affranchis de tout contrôle gênant par le caractère désertique de la région, nous avons pensé que notre devoir était d'offrir à ceux de nos frères humains qui, pour des raisons sérieuses, irréfutables, souhaiteraient quitter cette vie, les moyens de le faire sans souffrance et, oserions-nous presque écrire, sans danger.

« Au Thanatos Palace Hotel, la mort vous atteindra dans votre sommeil et sous la forme la plus douce. Notre habilité technique, acquise au cours de quinze années

affreux	fürchterlich
échec *m*	Mißerfolg
crâne *m*	Schädel
aveugle	blind
s'empoisonner	s. vergiften
composé *m* barbiturique	Schlafmittelzusammensetzung
cerveau *m*	Gehirn
liquéfié	erweicht
aboli	zerstört
paralysé	gelähmt
médiocrité *f*	Mittelmäßigkeit
apporter	näherbringen
affranchi	befreit
gênant	peinlich
désertique	öde, wüstenartig
irréfutable	unumstößlich
atteindre	treffen, erreichen
acquis	erworben

de succès ininterrompus (nous avons reçu, l'an dernier, plus de deux mille clients), nous permet de garantir un dosage minutieux et des résultats immédiats. Ajoutons que, pour les visiteurs que tourmenteraient de légitimes scrupules religieux, nous supprimons, par une méthode ingénieuse, toute responsabilité morale.

« *Nous savons très bien que la plupart de nos clients disposent de peu d'argent, et que la fréquence des suicides est inversement proportionnelle aux soldes créditeurs des comptes en banque. Aussi nous sommes-nous efforcés, sans jamais sacrifier le confort, de ramener les prix du Thanatos au plus bas niveau possible. Il vous suffira de déposer, en arrivant, trois cents dollars. Cette somme vous défraiera de toute dépense pendant votre séjour chez nous, séjour dont la durée doit demeurer pour vous inconnue, paiera les frais de l'opération, ceux des funérailles, et enfin l'entretien de la tombe. Pour des raisons évidentes, le service est compris dans ce forfait et aucun pourboire ne vous sera réclamé.*

« *Il importe d'ajouter que le Thanatos est situé dans une région naturelle de grande beauté, qu'il possède quatre tennis, un golf de dix-huit trous et une piscine olympique. Sa clientèle étant composée de personnes des deux sexes, et*

ininterrompu [inɛtɛrɔ̃'py]	ununterbrochen
dosage *m*	Dosierung
minutieux	peinlich genau
tourmenter	quälen
légitime	berechtigt
scrupule *m*	Bedenken
supprimer	beseitigen, unterdrücken
disposer de	verfügen über
inversement proportionnel	umgekehrt proportional
s'efforcer	s. bemühen
ramener	reduzieren
déposer	hinterlegen
défrayer	entheben
dépense *f*	Ausgabe
séjour *m*	Aufenthalt
durée *f*	Dauer
demeurer	bleiben
opération *f*	Behandlung
funérailles [fyne'rɑ:j] *f/pl.*	Beerdigung
entretien *m*	Instandhaltung
tombe *f*	Grab
forfait *m*	Pauschalvertrag
pourboire *m*	Trinkgeld
réclamer	fordern
il importe	es ist wichtig
ajouter	hinzufügen
être situé	gelegen sein
trou *m*	Loch
clientèle [kliã'tɛl] *f*	Kundschaft, Publikum
sexe *m*	Geschlecht
des deux sexes	beiderlei Geschlechts

qui appartiennent presque toutes à un milieu social raffiné, l'agrément social du séjour, rendu particulièrement piquant par l'étrangeté de la situation, est incomparable. Les voyageurs sont priés de descendre à la gare de Deeming, où l'autocar de l'hôtel viendra les chercher. Ils sont priés d'annoncer leur arrivée, par lettre ou câble, au moins deux jours à l'avance. Adresse télégraphique : THANATOS, CORONADO, NEW MEXICO. »

raffiné	*fein*
agrément *m*	*Vergnügen*
social	*gesellig*
piquant	*pikant, prikkelnd*
descendre	*aussteigen*
à l'avance	*im voraus*

Jean Monnier prit un jeu de cartes et les disposa pour une réussite que lui avait enseignée Fanny.

disposer	*legen*
réussite *f*	*Patience*
enseigner	*lehren*

*

Le voyage fut très long. Pendant des heures, le train traversa des champs de coton où, émergeant d'une mousse blanche, travaillaient des nègres. Puis des alternances de sommeil et de lecture remplirent deux jours et deux nuits. Enfin le paysage devint rocheux, titanesque et féerique. Le wagon roulait au fond d'un ravin, entre des rochers d'une prodigieuse hauteur. D'immenses bandes violettes, jaunes et rouges, rayaient transversalement les montagnes. A mi-hauteur flottait une longue écharpe de nuages. Dans les petites gares où s'arrêtait le train, on entrevoyait des Mexicains aux larges feutres, aux vestes de cuir brodé.

émerger	*auftauchen*
mousse *f*	*Schaum*
alternance *f*	*Abwechslung*
titanesque	*titanenhaft*
féerique	*zauberhaft, feenhaft*
ravin *m*	*(Tal-) Schlucht*
prodigieux	*erstaunlich*
rayer	*mit Streifen versehen*
transversalement	*quer hindurchgehend*
flotter	*treiben*
écharpe *f*	*Schärpe*
feutre *m*	*Filzhut*
brodé	*bestickt*

— Prochaine station : Deeming, dit à Jean Monnier le nègre du *Pullman*... Faire vos chaussures, Massa ?

Le Français rangea ses livres et ferma ses valises. La simplicité de son dernier voyage l'étonnait. Il perçut le bruit d'un torrent. Les freins grincèrent. Le train stoppa.

— Thanatos, *Sir ?* demanda le porteur indien qui courait le long des wagons.

Déjà cet homme avait, sur sa charrette, les bagages de deux jeunes filles blondes qui le suivaient.

« Est-il possible, pensa Jean Monnier, que ces filles charmantes viennent ici pour mourir ? »

Elles aussi le regardaient, très graves, et murmuraient des mots qu'il n'entendait pas.

L'omnibus du Thanatos n'avait pas, comme on aurait pu le craindre, l'aspect d'un corbillard. Peint en bleu vif, capitonné bleu et orange, il brillait au soleil, parmi les voitures délabrées qui donnaient à cette cour, où juraient des Espagnols et des Indiens, un aspect de foire à ferraille. Les rochers qui bordaient la voie étaient couverts de lichens qui enveloppaient la pierre d'un voile gris-bleu. Plus haut brillaient les teintes vives des roches métalliques. Le chauffeur, qui portait un uniforme gris, était un gros homme aux yeux exorbités. Jean Monnier s'assit à côté de

ranger	*wegpacken*
percevoir	*vernehmen*
torrent *m*	*Wildbach*
frein *m*	*Bremse*
grincer	*knirschen*
stopper	*halten, stoppen*
charrette *f*	*Karren*
grave	*ernst*
murmurer	*murmeln*
aspect *m*	*Aussehen*
corbillard *m*	*Leichenwagen*
capitonné	*gepolstert*
délabré	*schäbig*
jurer	*fluchen*
foire *f* à ferraille	*Schrottplatz*
border	*säumen*
voie *f*	*Weg*
lichen [liˈkɛn] *m*	*Flechte*
voile *m*	*Schleier*
teinte *f*	*Färbung*
exorbité [ɛgzɔrbiˈte]	*hervortretend*

lui, par discrétion, et pour laisser seules ses compagnes ; puis tandis que, par des tournants en épingle à cheveux, la voiture partait à l'assaut de la montagne, le Français essaya de faire parler son voisin :

— Il y a longtemps que vous êtes le chauffeur du Thanatos ?

— Trois ans, grommela l'homme.

— Cela doit être une étrange place.

— Etrange ? dit l'autre. Pourquoi *étrange* ? Je conduis ma voiture. Qu'y a-t-il là d'étrange ?

— Les voyageurs que vous amenez redescendent-ils jamais ?

— Pas souvent, dit l'homme avec un peu de gêne. Pas souvent... Mais cela arrive. J'en suis un exemple.

— Vous ? Vraiment ?... Vous étiez venu ici comme... client ?

— Monsieur, dit le chauffeur, j'ai accepté ce métier pour ne plus parler de moi et ces tournants sont difficiles. Vous ne voulez tout de même pas que je vous tue, vous et ces deux jeunes filles ?

— Evidemment non, dit Jean Monnier.

Puis il pensa que sa réponse était drôle et il sourit.

Deux heures plus tard, le chauffeur, sans un mot, lui montra du doigt, sur le plateau, la silhouette du Thanatos.

*

tournant *m*	*Kurve*
en épingle à cheveux	*Haarnadel...*
parter à l'assaut de	*etw. erstürmen*
grommeler	*vor sich herbrummen*
gêne *f*	*Verlegenheit*

L'hôtel était bâti dans le style hispano-indien, très bas, avec des toits en terrasse et des murs rouges dont le ciment imitait assez grossièrement l'argile. Les chambres s'ouvraient au midi, sur des porches ensoleillés. Un portier italien accueillit les voyageurs. Son visage rasé évoqua tout de suite, pour Jean Monnier, un autre pays, les rues d'une grande ville, des boulevards fleuris.

— Où diable vous ai-je vu, demanda-t-il au portier tandis qu'un *page-boy* prenait sa valise.

— Au Ritz de Barcelone, Monsieur... Mon nom est Sarconi... J'ai quitté au moment de la révolution...

— De Barcelone au Nouveau-Mexique ! Quel voyage !

— Oh ! Monsieur, le rôle du concierge est le même partout... Seulement les papiers que je dois vous demander de remplir sont un peu plus compliqués ici qu'ailleurs... Monsieur m'excusera.

Les imprimés qui furent tendus aux trois arrivants étaient en effet chargés de cases, de questions et de notes explicatives. Il était recommandé d'indiquer avec une grande précision la date et le lieu de naissance, les personnes à prévenir en cas d'accident :

« *Prière de donner au moins deux adresses de parents ou d'amis, et surtout de recopier à la main, dans votre langue usuelle, la formule A' ci-dessous :*

« Je, soussigné, ... sain de corps et d'esprit, certifie que c'est volontairement que je renonce à la vie et décharge de toute responsabilité, en cas d'accident, la direction et le personnel du Thanatos Palace Hotel... »

Assises l'une en face de l'autre à une table voisine, les deux jolies filles recopiaient avec soin la formule A' et Jean Monnier remarqua qu'elles avaient choisi le texte allemand.

★

Henry M. Boerstecher, directeur, était un homme tranquille, aux lunettes d'or, très fier de son établissement.

— L'hôtel est à vous ? demanda Jean Monnier.

— Non, Monsieur, l'hôtel appartient à une Société Anonyme, mais c'est moi qui en ai eu l'idée et qui en suis directeur à vie.

— Et comment n'avez-vous pas les plus graves ennuis avec les autorités locales ?

— Des ennuis ? dit Mr. Boerstecher, surpris et choqué. Mais nous ne faisons rien, Monsieur, qui soit contraire à nos devoirs d'hôteliers. Nous donnons à nos clients ce qu'ils désirent, tout ce qu'ils désirent, rien de plus... D'ailleurs, Monsieur, il n'y a pas ici d'autorités locales. Ce territoire est si mal

soussigné *m*	*Unterzeichneter*
sain de	*gesund an*
renoncer à	*sich lossagen von*
décharger	*entheben, befreien*
remarquer	*beobachten, bemerken*
fier de [fjɛːr də]	*stolz auf*
Société *f* Anonyme	*Aktiengesellschaft*
ennuis [ɑ̃'nɥi] *m/pl.*	*Scherereien*
être contraire à	*gegen etw. sein*
devoir *m*	*Pflicht*

délimité que nul ne sait exactement s'il fait partie du Mexique ou des États-Unis. Longtemps ce plateau a passé pour être inaccessible. Une légende voulait qu'une bande d'Indiens s'y fût réunie, il y a quelques centaines d'années, pour mourir ensemble et pour échapper aux Européens, et les gens du pays prétendaient que les âmes de ces morts interdisaient l'accès de la montagne. C'est la raison pour laquelle nous avons pu acquérir le terrain pour un prix tout à fait raisonnable et y mener une existence indépendante.

— Et jamais les familles de vos clients ne vous poursuivent ?

Nous poursuivre ! s'écria Mr. Boerstecher, indigné, et pourquoi, grand Dieu ? Devant quels tribunaux ? Les familles de nos clients sont trop heureuses, Monsieur, de voir se dénouer sans publicité des affaires qui sont délicates et même, presque toujours, pénibles... Non, non, Monsieur tout se passe ici gentiment, correctement, et nos clients sont pour nous des amis... Vous plairait-il de voir votre chambre ?... Ce sera, si vous le voulez bien, le 113... Vous n'êtes pas superstitieux ?

— Pas du tout, dit Jean Monnier. Mais j'ai été élevé religieusement et je vous avoue que l'idée d'un suicide me déplaît...

délimité	abgegrenzt
faire partie de	gehören zu
inaccessible [inaksɛ'siblə]	unzugänglich
bande *f*	Bande
échapper	entgehen
prétendre	behaupten
accès [ak'sɛ] *m*	Zutritt
poursuivre	gerichtlich verfolgen
indigné	entrüstet
se dénouer	s. abwickeln
pénible	peinlich
superstitieux [sypɛrsti'sjø]	abergläubisch
déplaire	zuwider sein, mißfallen

— Mais il n'est pas et ne sera pas question de suicide, Monsieur! dit Mr. Boerstecher d'un ton si péremptoire que son interlocuteur n'insista pas. Sarconi, vous montrerez le 113 à M. Monnier. Pour les trois cents dollars, Monsieur, vous aurez l'obligeance de les verser en passant, au caissier dont le bureau est voisin du mien.

péremptoire [perɑ̃p'twaːr]	entschieden
interlocuteur m	Gesprächspartner
verser	einzahlen

Ce fut en vain que, dans la chambre 113, qu'illuminait un admirable coucher de soleil, Jean Monnier chercha trace d'engins mortels.

en vain [ɑ̃ vɛ̃]	vergeblich
coucher m de soleil	Sonnenuntergang
trace f	Spur
engin m mortel	Mordwerkzeug

*

— A quelle heure est le dîner?
— A huit heures trente, *Sir*, dit le valet.
— Faut-il s'habiller?
— La plupart des gentlemen le font, *Sir*.
— Bien! Je m'habillerai... préparez-moi une cravate noire et une chemise blanche.

valet m	Diener

Lorsqu'il descendit dans le hall, il ne vit en effet que femmes en robes décolletées, hommes en smoking. Mr. Boerstecher vint au-devant de lui, officieux et déférent.

— Ah! Monsieur Monnier... Je vous cherchais... Puisque vous êtes seul, j'ai pensé que peut-être il vous serait agréable de partager votre table avec une de nos clientes, Mrs. Kirby-Shaw.

décolleté	dekolletiert
officieux	dienstfertig
déférent	zuvorkommend

Monnier fit un geste d'ennui :

— Je ne suis pas venu ici, dit-il, pour mener une vie mondaine... Pourtant... Pouvez-vous me montrer cette dame sans me présenter ?

— Certainement, monsieur Monnier... Mrs. Kirby-Shaw est la jeune femme en robe de crêpe-satin blanc qui est assise près du piano et feuillette un magazine... Je ne crois pas que son aspect physique puisse déplaire... Loin de là... Et c'est une dame bien agréable, de bonnes manières, intelligente, artiste...

A coup sûr, Mrs. Kirby-Shaw était une très jolie femme. Des cheveux bruns, coiffés en petites boucles, tombaient en chignon bas jusqu'à la nuque et dégageaient un front haut et vigoureux. Les yeux étaient tendres, spirituels. Pourquoi diable un être aussi plaisant voulait-il mourir ?

— Est-ce que Mrs. Kirby-Shaw... ? Enfin cette dame est-elle une de vos clientes au même titre et pour les mêmes raisons que moi ?

— *Certainement*, dit Mr. Boerstecher, qui sembla charger cet adverbe d'un sens lourd. *Cer-tai-ne-ment*.

— Alors présentez-moi.

Quand le dîner, simple mais excellent et bien servi, se termina, Jean Monnier connaissait déjà au moins dans ses traits essentiels, la

mondain	*mondän*
feuilleter qch.	*blättern in*
boucle *f*	*Locke*
chignon *m*	*Haarknoten*
dégager	*freigeben*
tendre	*sanft*
spirituel	*geistreich*
dans ses traits essentiels	*in groben Zügen*

vie de Clara Kirby-Shaw. Mariée avec un homme riche, d'une grande bonté, mais qu'elle n'avait jamais aimé elle l'avait quitté, six mois plus tôt, pour suivre en Europe un jeune écrivain, séduisant et cynique, qu'elle avait rencontré à New-York. Ce garçon, qu'elle avait cru prêt à l'épouser dès qu'elle aurait obtenu son divorce, s'était montré, dès leur arrivée en Angleterre, décidé à se débarrasser d'elle le plus rapidement possible. Surprise et blessée par sa dureté, elle avait tenté de lui faire comprendre tout ce qu'elle avait abandonné pour lui, et l'affreuse situation où elle allait se trouver. Il avait beaucoup ri :

« Clara, en vérité, lui avait-il dit, vous êtes une femme d'un autre temps !... Si je vous avais sue à ce point victorienne, je vous aurais laissé à votre époux, à vos enfants... Il faut les rejoindre, ma chère... Vous êtes faite pour élever sagement une famille nombreuse. »

Elle avait alors conçu un dernier espoir, celui d'amener son mari, Norman Kirby-Shaw, à la reprendre. Elle était certaine que, si elle avait pu le revoir seul, elle l'eût aisément reconquis. Entouré de sa famille, de ses associés, qui avaient exercé sur lui une pression constante et hostile à Clara, Norman s'était montré inflexible. Après plusieurs tentatives humi-

séduisant [sedqizã]	*bezaubernd, verführerisch*
cynique	*zynisch*
divorce *m*	*Scheidung*
se débarrasser de qn	*sich j-n vom Halse schaffen, loswerden*
blessé	*verletzt*
tenter	*versuchen*
abandonner	*aufgeben*
époux *m*	*Gatte*
aisément	*leicht*
reconquérir	*zurückerobern*
inflexible	*unnachgiebig*
tentative *f*	*Versuch*
humiliant	*demütigend*

23

liantes et vaines, elle avait, **un matin**, trouvé dans son courrier **le prospectus du Thanatos et compris** que là était la seule solution, immédiate et facile, de son douloureux problème.

— Et vous ne craignez pas la mort ? avait demandé Jean Monnier.

— Si, bien sûr... Mais moins que je ne crains la vie...

— C'est une belle réplique, dit Jean Monnier.

réplique *f*   *Entgegnung*

— Je n'ai pas voulu qu'elle fût belle, dit Clara. Et maintenant, racontez-moi pourquoi *vous* êtes ici.

Quand elle eut entendu le récit de Jean Monnier, elle le blâma beaucoup.

blâmer   *tadeln*

— Mais c'est presque incroyable ! dit-elle. Comment ?... Vous voulez mourir parce que vos valeurs ont baissé ?... Ne voyez-vous pas que dans un an, deux ans, trois ans ou plus, si vous avez le courage de vivre, vous aurez oublié, et peut-être réparé vos pertes ?...

valeurs *f/pl.*   *Vermögen*

— Mes pertes ne sont qu'un prétexte. Elles ne seraient rien, en effet, s'il me restait quelque raison de vivre... Mais je vous ai dit aussi que ma femme m'a renié... Je n'ai, en France, aucune famille proche ; je n'y ai laissé aucune amie... Et puis, pour être tout à fait sincère, j'avais déjà quitté mon pays à la suite d'une déception sentimen-

prétexte *m*   *Vorwand*

renier   *aufgeben*

déception *f*   *Enttäuschung*

tale... Pour qui lutterais-je maintenant ?

— Mais pour vous-même... Pour les êtres qui vous aimeront... et que vous ne pouvez manquer de rencontrer... Parce que vous avez constaté, en des circonstances pénibles, l'indignité de quelques femmes, ne jugez pas injustement toutes les autres...

— Vous croyez vraiment qu'il existe des femmes... je veux dire des femmes que je puisse aimer... et qui soient capables d'accepter, au moins pendant quelques années, une vie de pauvreté, de combat... ?

— J'en suis certaine, dit-elle. Il y a des femmes qui aiment la lutte et qui trouvent à la pauvreté je ne sais quel attrait romanesque... Moi, par exemple.

— Vous ?

— Oh je voulais seulement dire...

Elle s'arrêta, hésita, puis reprit :

— Je crois qu'il nous faudrait regagner le hall... Nous restons seuls dans la salle à manger et le maître d'hôtel rôde autour de nous avec désespoir.

— Vous ne croyez pas, dit-il comme il plaçait sur les épaules de Clara Kirby-Shaw une cape d'hermine, vous ne croyez pas que... dès cette nuit... ?

— Oh non ! dit-elle. Vous venez d'arriver...

— Et vous ?

manquer de faire	zu tun versäumen
circonstances f/pl.	Umstände
indignité f	Niederträchtigkeit
pauvreté f	Armut
attrait m	Reiz
s'arrêter	aufhören
hésiter	zögern
reprendre	wieder anfangen
rôder	herumstreichen
désespoir m	Verzweiflung
dès	noch

— Je suis ici depuis deux jours.

Quand ils se séparèrent, ils étaient convenus de faire ensemble, le lendemain matin, une promenade en montagne.

*

Un soleil matinal baignait le porche d'une nappe oblique de lumière et de tiédeur. Jean Monnier, qui venait de prendre une douche glacée, se surprit à penser : « Qu'il fait bon vivre !... » Puis il se dit qu'il n'avait plus devant lui que quelques dollars et quelques jours. Il soupira :

« Dix heures !... Clara va m'attendre. »

Il s'habilla en hâte et, dans un costume de lin blanc, se sentit léger. Quand il rejoignit près du tennis Clara Kirby-Shaw, elle hâtait, elle aussi, vêtue de blanc et se promenait, encadrée de deux petites Autrichiennes, qui s'enfuirent en apercevant le Français.

— Je leur fais peur ?

— Vous les intimidez... Elles me racontaient leur histoire.

— Intéressante ?... Vous allez me la dire... Avez-vous pu dormir un peu ?

— Oui, admirablement. Je soupçonne l'inquiétant Boerstecher de mêler du chloral à nos breuvages.

— Je ne crois pas, dit-il. J'ai dormi comme une souche, mais d'un sommeil naturel, et je me sens ce matin parfaitement lucide.

convenir	übereinkommen
baigner	baden
nappe *f*	(Tisch-)Tuch
oblique	schräg
tiédeur *f*	Wärme
se surprendre	s. überraschen
soupirer	seufzen
en hâte [ã a:t]	eilig
rejoindre	wiedertreffen
hâter	beschleunigen (Schritt)
encadré	eingerahmt
s'enfuir	weglaufen, entfliehen
apercevoir	erblicken
intimider	einschüchtern
soupçonner	verdächtigen
inquiétant	unheimlich, beunruhigend
mêler	mischen, mengen
chloral *m*	Chloral (Beruhigungsmittel)
breuvage *m*	Getränk
dormir comme une souche	wie ein Murmeltier schlafen
lucide	klar

Après un instant, il ajouta :
— Et parfaitement heureux.
Elle le regarda en souriant et ne répondit pas.
— Prenons ce sentier, dit-il, et contez-moi les petites Autrichiennes... Vous serez ici ma Shéhérazade...
— Mais nos nuits ne seront pas mille et une...
— Hélas !... *Nos* nuits... ?
Elle l'interrompit :
Ces enfants sont deux sœurs jumelles. Elles ont été élevées ensemble, d'abord à Vienne, puis à Budapest, et n'ont jamais eu d'autres amies intimes. A dix-huit ans, elles ont rencontré un Hongrois, de noble et ancienne famille, beau comme un demi-dieu, musicien comme un Tzigane et sont toutes deux, le même jour, devenues follement amoureuses de lui. Après quelques mois, il a demandé en mariage l'une des sœurs. L'autre, désespérée, a tenté, mais en vain, de se noyer. Alors celle qui avait été choisie a pris la résolution de renoncer, elle aussi, au Comte Nicky et elles ont formé le projet de mourir ensemble... C'est le moment où, comme vous, comme moi, elles ont reçu le prospectus du Thanatos.

— Quelle folie ! dit Jean Monnier. Elles sont jeunes et ravissantes... Que ne vivent-elles en Amérique, où d'autres hommes les

sentier *m* — Pfad

jumeau, jumelle — Zwillings...

Hongrois *m* — Ungar

devenir amoureux — *sich verlieben*

désespéré — *verzweifelt*
se noyer — *s. ertränken*

renoncer à — *verzichten auf*

folie *f* — Wahnsinn, Narrheit
ravissant — *entzückend*

aimeront ?... Quelques semaines de patience...

— C'est toujours, dit-elle mélancoliquement, faute de patience que l'on est ici... Mais chacun de nous est sage pour tous les autres... Qui donc a dit que l'on a toujours assez de courage pour supporter les maux d'autrui ?

Pendant tout le jour, les hôtes du Thanatos virent un couple vêtu de blanc errer dans les allées du parc, au flanc des rochers, le long du ravin. L'homme et la femme discutaient avec passion. Quand la nuit tomba, ils revinrent vers l'hôtel et le jardinier mexicain, les voyant enlacés, détourna la tête.

*

Après le dîner, Jean Monnier, toute la soirée, chuchota dans un petit salon désert, près de Clara Kirby-Shaw, des phrases qui semblaient toucher celle-ci. Puis, avant de remonter dans sa chambre, il chercha Mr. Boerstecher. Il trouva le directeur assis devant un grand registre noir. Mr. Boerstecher vérifiait des additions et, de temps à autre, d'un coup de crayon rouge, barrait une ligne.

— Bonsoir, monsieur Monnier !... Je puis faire quelque chose pour vous ?

— Oui, Mr. Boerstecher... Du moins je l'espère... Ce que j'ai à vous dire vous surprendra... Un changement si soudain... Mais la

patience *f*	Geduld
sage	weise
hôte *m*	Gast
errer	umherirren, -ziehen
flanc *m*	Abhang
enlacer	umarmen
détourner	abwenden
chuchoter [ʃyʃɔˈte]	flüstern
toucher	bewegen, ergreifen
registre *m*	Register
vérifier	prüfen
barrer	ausstreichen

vie est ainsi... Bref, je viens vous annoncer que j'ai changé d'avis... Je ne veux plus mourir.

Mr. Boerstecher, surpris, leva les yeux :
— Parlez-vous sérieusement, monsieur Monnier ?

Je sais bien, dit le Français, que je vais vous paraître incohérent, indécis... Mais n'est-il pas naturel, si les circonstances sont nouvelles, que changent aussi nos volontés ?... Il y a huit jours, quand j'ai reçu votre lettre, je me sentais désespéré, seul au monde... Je ne pensais pas que la lutte valût la peine d'être entreprise... Aujourd'hui tout est transformé... Et au fond, c'est grâce à vous, Mr. Boerstecher.
— Grâce à moi, monsieur Monnier ?
— Oui, car cette jeune femme en face de laquelle vous m'avez assis à table est celle qui a fait ce miracle... Mrs. Kirby-Shaw est une femme délicieuse, Mr. Boerstecher.
— Je vous l'avais dit, monsieur Monnier.
— Délicieuse et héroïque... Mise au courant par moi de ma misérable situation, elle a bien voulu accepter de la partager... Cela vous surprend ?
— Point du tout... Nous avons, ici, l'habitude de ces coups de théâtre... Et je m'en réjouis, mon-

changer d'avis	*Meinung ändern*
incohérent [ɛ̃kɔe'rɑ̃]	*unzusammenhängend*
volontés *f/pl.*	*Launen*
entreprendre	*aufnehmen*
transformer	*verwandeln*
grâce à	*dank*
mettre au courant	*vertraut machen*
partager	*teilen*
se réjouir de	*s. freuen über*

29

sieur Monnier... Vous êtes jeune, très jeune...

— Donc, si vous n'y voyez point d'inconvénient, nous partirons demain, Mrs. Kirby-Shaw et moi-même, pour Deeming.

— Ainsi Mrs. Kirby-Shaw, comme vous, renonce à... ?

— Oui, naturellement... D'ailleurs elle vous le confirmera tout à l'heure... Reste à régler une question assez délicate... Les trois cents dollars que je vous ai versés, et qui constituaient à peu près tout mon avoir, sont-ils irrémédiablement acquis au Thanatos ou puis-je, pour prendre nos billets, en récupérer une partie ?

— Nous sommes d'honnêtes gens, monsieur Monnier... Nous ne faisons jamais payer des services qui n'ont pas été réellement rendus par nous. Dès demain matin, la caisse établira votre compte à raison de vingt dollars par jour de pension, plus le service, et le solde vous sera remboursé.

— Vous êtes tout à fait courtois et généreux... Ah ! Mr. Boerstecher, quelle reconnaissance ne vous dois-je point ! Un bonheur retrouvé... Une nouvelle vie...

— A votre service, dit Mr. Boerstecher.

Il regarda Jean Monnier sortir et s'éloigner. Puis il appuya sur un bouton et dit :

— Envoyez-moi Sarconi.

inconvénient *m*	*Unzuträglichkeit*
confirmer	*bestätigen*
avoir *m*	*Habe*
irrémédiablement	*unwiderruflich*
récupérer	*zurückgewinnen*
honnête	*ehrlich, ehrbar*
rembourser	*zurückerstatten*
courtois	*ritterlich*
généreux	*großmütig*
devoir	*verdanken*
s'éloigner	*s. entfernen*
appuyer sur	*drücken auf*
bouton *m*	*Knopf*

Au bout de quelques minutes, le concierge parut.

— Vous m'avez demandé, *Signor* Directeur ?

— Oui, Sarconi... Il faudra, dès ce soir, mettre les gaz au 113... Vers deux heures du matin.

— Faut-il, *Signor* Directeur, envoyer du Somnial avant le Léthal ?

— Je ne crois pas que ce soit nécessaire... Il dormira très bien... C'est tout pour ce soir, Sarconi... Et demain les deux petites du 17, comme il était convenu.

Comme le concierge sortait, Mrs. Kirby-Shaw parut à la porte du bureau.

— Entre, dit Mr. Boerstecher. Justement j'allais te faire appeler. Ton client est venu m'annoncer son départ.

annoncer — *ankündigen*

— Il me semble, dit-elle, que je mérite des compliments... C'est du travail bien fait.

mériter — *verdienen*

— Très vite... J'en tiendrai compte.

tenir compte de — *in Betracht ziehen*

— Alors c'est pour cette nuit ?

— C'est pour cette nuit.

— Pauvre garçon ! dit-elle. Il était gentil, romanesque...

— Ils sont tous romanesques, dit Mr. Boerstecher.

— Tu es tout de même cruel, dit-elle. C'est au moment précis où ils reprennent goût à la vie que tu les fais disparaître.

reprendre goût — *wieder Geschmack finden*

— Cruel ?... C'est en cela au contraire que consiste toute l'humanité de notre méthode... Celui-ci avait des scrupules religieux... Je les apaise

Il consulta son registre :

— Demain, repos... Mais après-demain, j'ai de nouveau une arrivée pour toi... C'est encore un banquier, mais Suédois cette fois... Et celui-là n'est plus très jeune.

— J'aimais bien le petit Français, fit-elle, rêveuse.

— On ne choisit pas le travail, dit sévèrement le Directeur. Tiens, voici tes dix dollars, plus dix de prime.

— Merci, dit Clara Kirby-Shaw.

Et comme elle plaçait les billets dans son sac, elle soupira.

Quand elle fut sortie, Mr. Boerstecher chercha son crayon rouge, puis, avec soin, en se servant d'une petite règle de métal, il raya de son registre un nom.

apaiser	*besänftigen*
repos *m*	*Ruhe*
rêveur	*träumerisch*
prime *f*	*Prämie*
avec soin	*sorgfältig*
rayer	*ausstreichen*

L'escale

— L'histoire la plus étrange de ma vie ? dit-elle. Vous m'embarrassez. Il y a eu, dans ma vie, beaucoup d'histoires.

— J'imagine qu'il y en a encore.

— Oh ! non. Je vieillis ; je m'assagis... Ce qui est une autre manière de dire que j'ai besoin de repos... Je suis maintenant toute contente quand je peux rester seule une soirée, relire de vieilles lettres ou écouter un disque.

— Il est impossible qu'on ne vous fasse plus la cour... Vos traits gardent toute leur grâce, et je ne sais quel duvet d'expérience, peut-être de souffrances passées, leur ajoute quelque chose de pathétique... C'est irrésistible..

— Vous êtes gentil... Oui, j'ai encore des adorateurs. Le malheur est que je n'y crois plus. Je connais si bien les hommes, hélas, leur ardeur tant qu'ils n'ont rien obtenu, ensuite leur détachement — ou leur jalousie. Je me dis : pourquoi irais-je voir, une fois de plus, une comédie dont je devine le dénouement ?... Dans ma jeunesse, c'était différent. Il me semblait, chaque fois, avoir rencontré l'être merveilleux qui m'arracherait à

escale *f*	Zwischenlandung
étrange	seltsam
embarrasser	in Verlegenheit bringen
imaginer	sich denken, sich vorstellen
s'assagir	vernünftig werden
disque *m*	Schallplatte
faire la cour à qn	j-m den Hof machen
duvet *m*	Flaum
souffrance *f*	Leiden
irrésistible	unwiderstehlich
adorateur *m*	Bewunderer
ardeur *f*	Eifer
détachement *m*	Gleichgültigkeit
jalousie *f*	Eifersucht
deviner	erraten
dénouement *m*	Ausgang
arracher	losreißen, herausholen

l'incertitude. J'y allais bon jeu, bon argent... Tenez, il y a cinq ans encore, quand j'ai fait la connaissance de Renaud, mon mari, j'ai eu l'impression d'un renouveau. Il était fort, presque brutal. Il secouait mes doutes ; il riait de mes anxiétés et de mes scrupules. J'ai cru trouver en lui le sauveur. Non qu'il fût parfait ; il manquait de culture et de manières. Mais il m'apportait ce que je n'ai jamais eu : la solidité... Une bouée de sauvetage... Du moins était-ce alors ce que je pensais.

— Vous ne le pensez plus ?

— Vous savez bien que non. Renaud a éprouvé de terribles échecs ; j'ai dû le consoler, le rassurer, le raffermir ; j'ai défendu le Défenseur... Les hommes vraiment forts sont très rares.

— En avez-vous au moins connu un ?

— Oui, j'en ai connu un. Oh! pas longtemps et dans des circonstances surprenantes... Tenez, vous me demandiez l'aventure la plus étrange de ma vie, la voilà !

— Racontez-la-moi.

— Mon Dieu ! Que me demandez-vous ? Il va falloir fouiller dans les souvenirs... Et puis c'est assez long et vous êtes toujours si pressé. Pouvez-vous me donner un peu de temps ?

— Bien sûr, je vous écoute.

— Alors soit... Il y a de cela vingt ans... J'étais une très jeune veuve. Vous vous souvenez de mon premier mariage ? J'avais épousé, pour faire plaisir à mes parents, un homme beaucoup plus âgé que moi, pour qui j'éprouvais de l'affection, oui, mais une affection filiale... L'amour, avec lui, m'était apparu comme un devoir de reconnaissance, non comme un plaisir. Il était mort au bout de trois ans, me laissant dans une relative aisance de sorte que, soudain, après la tutelle familiale et la tutelle maritale, je m'étais trouvée libre, maîtresse de mes actions et de ma destinée. Je peux dire, sans vanité, que j'étais alors assez jolie...

— Plus que jolie.

— Si vous y tenez... Quoi qu'il en soit, je plaisais et j'eus bientôt à mes trousses tout un peloton de prétendants. Mon préféré était un jeune Américain qui se nommait Jack Parker. Plusieurs, parmi les Français qui se disaient ses rivaux, me plaisaient davantage. Ils partageaient mes goûts ; ils savaient faire d'agréables compliments. Jack lisait peu ; il n'aimait guère d'autre musique que les *blues* et le jazz et, en fait de peinture, suivait la mode avec une naïve confiance. Il parlait d'amour très mal... Plus exactement il n'en parlait pas du tout. Sa cour se bornait

veuve [vœ:v] f	Witwe
éprouver	empfinden
affection [afɛk'sjɔ̃] f	Zuneigung
filial	kindlich
reconnaissance f	Dankbarkeit
aisance [ɛ'zɑ̃s] f	Wohlstand
tutelle f	Bevormundung
destinée f	Schicksal
vanité f	Eitelkeit
y tenir	darauf bestehen
avoir à ses trousses F	hinter einem her sein
peloton m	Schar
prétendant m	Bewerber, Freier
préféré m	Liebling
davantage	besser
goût m	Geschmack, Neigung
en fait de peinture	in bezug auf Malerei
confiance f	Vertrauen
se borner à qch.	sich auf etw. beschränken

35

à me prendre les mains au cinéma, au théâtre ou dans le jardin, par clair de lune, et à me dire : « *You are just wonderful.* »

J'aurais dû le trouver très ennuyeux... Non, je sortais volontiers avec lui. Il me paraissait reposant, franc. Il me donnait le même sentiment de sécurité que plus tard, au début de nos relations, mon présent mari. Mes autres amis hésitaient sur leurs intentions. Souhaitaient-ils devenir amants ou époux ? Ils ne se prononçaient jamais clairement. Avec Jack, rien de tel. L'idée de liaison lui faisait horreur. Il voulait m'épouser, m'emmener en Amérique où je lui donnerais de beaux enfants, frisés comme lui, ayant son petit nez droit, son accent lent et nasal, sa naïveté. Il était vice-président de sa banque ; un jour peut-être il en serait le président. De toute manière, nous ne manquerions jamais de rien et nous aurions une excellente voiture. Telle était sa vision du monde.

Je vous avoue que j'étais tentée. Cela vous surprend ?... C'était pourtant bien dans ma nature. Parce que je suis moi-même assez compliquée, les êtres simples m'attirent. Je m'entendais fort mal avec ma famille. Aller vivre aux Etats-Unis était un moyen de la fuir. Jack venait, après quelques

par clair de lune	bei Mondschein
ennuyeux [ɑ̃nɥi'jø] volontiers reposant	langweilig gerne beruhigend
nous ne manquons de rien	es fehlt uns an nichts
avouer tenter	gestehen verlocken
attirer	anziehen
fuir qn	j-m entfliehen

mois de stage à la succursale de Paris, de rentrer à New-York. Je lui avais, quand il était parti, promis de le rejoindre et de l'épouser. Notez que je n'avais pas été sa maîtresse. Ce n'était pas ma faute ; j'aurais cédé s'il me l'avait demandé... Mais il s'en serait bien gardé. Jack était un catholique américain, de mœurs rigides, et voulait un honnête mariage à Saint-Patrick, Fifth Avenue, avec beaucoup de garçons d'honneur en jaquette, un œillet blanc à la boutonnière, et des *bridesmaids* en robe d'organdi... Cela non plus ne me déplaisait pas.

Il avait été convenu que j'arriverais en avril. Jack devait retenir ma place d'avion. Mon instinct eût été de traverser par *Air-France* et cela me paraissait si naturel que je ne pensai même pas à le lui dire. Au dernier moment, je reçus un billet Paris-Londres et Londres-New-York, délivré par une ligne américaine qui, en ce temps-là, n'avait pas le droit de faire escale chez nous. Cela me contraria un peu mais je suis, vous le savez, une personne facile à vivre et, plutôt que d'entreprendre de nouvelles démarches, j'acceptai la situation. Je devais arriver à Londres vers sept heures du soir, dîner à l'aéroport et repartir à neuf heures pour New-York.

stage *m*	*Praktikum, Lehrgang*
succursale [sykyr'sal] *f*	*Filiale*
rejoindre	*nachkommen*
céder	*nachgeben*
rigide	*streng*
honnête	*anständig*
garçon *m* d'honneur	*Brautführer*
jaquette *f*	*Frack*
œillet [œ'jɛ] *m*	*Nelke*
boutonnière *f*	*Knopfloch*
bridesmaid ['braidzmeid]	*(engl.) Brautjungfer*
déplaire	*mißfallen*
convenir	*übereinkommen*
délivrer	*ausstellen*
faire escale	*zwischenlanden*
contrarier	*verdrießen*
démarche *f*	*Maßnahme, Schritt*

Aimez-vous les aérodromes ? J'ai pour eux un goût inexplicable. Ils sont plus propres et plus modernes que les gares de chemin de fer. Ils sont décorés dans le style « salle d'opération ». Des voix étrangères, difficiles à comprendre parce que déformées, appellent, par haut-parleurs, les passagers pour des villes exotiques et lointaines. A travers les vitres, on voit atterrir et s'envoler des avions géants. C'est un décor irréel et non sans beauté. J'avais dîné, puis m'étais assise avec confiance dans un fauteuil anglais de cuir vert-mousse, quand le haut-parleur prononça une longue phrase que je ne saisis pas mais où je reconnus le mot *New-York* et le numéro de mon vol. Un peu inquiète, je regardai autour de moi. Des passagers se levaient.

Dans le fauteuil proche du mien, j'avais remarqué un homme d'une quarantaine d'années, au visage intéressant. Par une grâce émaciée, par les cheveux un peu fous, par le col ouvert, il évoquait les poètes romantiques anglais et en particulier Shelley. En le regardant, j'avais pensé : « Ecrivain ou musicien », et souhaité l'avoir pour voisin dans l'avion. Il perçut mon soudain désarroi et me dit, en anglais :

— Je m'excuse, Madame... Vous deviez partir par le vol 632 ?

aérodrome *m*	*Flugplatz*
inexplicable [inɛkspli'kablə]	*unerklärlich*
décorer	*ausschmük-ken, -statten*
déformer	*entstellen*
haut-parleur [opar'lœ:r] *m*	*Lautsprecher*
vitre *f*	*Fensterscheibe*
atterrir	*landen*
géant	*riesig*
irréel	*unwirklich*
confiance *f*	*Vertrauen*
vert-mousse	*moosgrün*
prononcer	*aussprechen, bekanntgeben*
saisir	*erfassen*
vol *m*	*Flug*
inquiet	*beunruhigt*
émacié	*abgezehrt*
fou	*wirr*
évoquer qn	*an j-n erinnern*
percevoir	*bemerken*
désarroi [dezar'wa] *m*	*Verwirrung*

— Oui... Que vient-on d'annoncer ?

— Que, par suite d'un incident technique, l'avion ne partirait qu'à six heures du matin. Pour les passagers qui voudraient aller dormir à l'hôtel, la compagnie fournira un car, dans quelques instants.

— Quel ennui ! Aller à l'hôtel pour se lever à cinq heures du matin ! C'est odieux... Qu'allez-vous faire ?

— Oh ! moi, Madame, j'ai la chance d'avoir un ami qui travaille et loge ici même, à l'aéroport. J'avais laissé ma voiture dans son garage. Je vais la reprendre et rentrer chez moi.

Au bout d'un instant, il ajouta :

— Ou plutôt, non... Je vais profiter de ce délai pour faire une tournée... Je suis facteur d'orgues et dois vérifier de temps à autre, l'état de mes instruments dans plusieurs églises de Londres... Voilà, pour moi, une occasion inattendue d'en inspecter deux ou trois.

— Vous pouvez entrer, la nuit, dans les églises ?

Il rit et sortit de sa poche un énorme trousseau de clefs.

— Mais oui ! C'est surtout la nuit que j'essaie mes claviers et mes souffleries, pour ne déranger personne.

— Vous jouez vous-même ?

— De mon mieux.

par suite	infolge
incident *m*	Störung
compagnie *f*	Gesellschaft
fournir	(zur Verfügung) stellen
ennui [ã'nɥi] *m*	Ärger
odieux	scheußlich
loger	wohnen
délai [de'lɛ] *m*	Verzögerung
facteur *m* d'orgues	Orgelbauer
vérifier	prüfen
de temps à autre	von Zeit zu Zeit
état *m*	Zustand
trousseau *m* de clefs	Schlüsselbund
clavier *m*	Klaviatur
soufflerie *f*	Blasewerk
de mon mieux	so gut ich kann

— Ça doit être beau, ces concerts d'orgue donnés dans la solitude et l'obscurité

— Beau ? Je ne sais. Bien que j'aime la musique religieuse, je ne suis pas un grand organiste. Mais que j'y prenne, moi, un vif plaisir, cela est certain.

Il hésita un instant, plus ajouta :

— Ecoutez, Madame, je vais vous faire une offre bizarre... Vous ne me connaissez pas et je n'ai aucun titre à votre confiance... Mais, s'il vous plaisait de m'accompagner, je pourrais vous emmener et vous ramener ensuite ici... Vous devez être musicienne ?

— C'est vrai. Comment le savez-vous ?

— Vous êtes belle comme un rêve d'artiste. Cela ne trompe pas.

Je vous avoue que le compliment me toucha. L'homme avait une étrange autorité. Je savais que courir Londres, en pleine nuit, avec un inconnu était imprudent ; j'entrevoyais les dangers possibles. Je n'eus même pas l'idée de refuser.

— Allons ! lui dis-je. Qu'est-ce que je fais de ce sac ?

— Nous le mettons, avec le mien, dans le coffre à bagages.

Je serais incapable de vous dire quelles furent les trois églises dans lesquelles nous entrâmes, cette nuit-là, et ce que joua mon mystérieux compagnon. Je me souviens

solitude *f*	*Einsamkeit*
obscurité *f*	*Dunkelheit*
vif	*lebhaft*
hésiter	*zögern*
offre *f*	*Angebot*
titre *m*	*Anspruch*
emmener	*mitnehmen*
ramener	*zurückbringen*
rêve *m*	*Traum*
artiste *m*	*Künstler*
toucher	*rühren*
courir	*durchstreifen*
imprudent	*unvorsichtig*
entrevoir	*flüchtig sehen*
refuser	*ablehnen*
sac *m*	*Tasche*
coffre *m* à bagages	*Kofferraum*
incapable	*unfähig*

d'escaliers en vis que je montais aidée par lui, de rayons de lune filtrés par les vitraux, et de musiques sublimes. Je reconnus du Bach, du Fauré, du Haendel, mais je crois que, le plus souvent, mon guide improvisait. C'était alors bouleversant. On eût dit les confessions torrentueuses d'une âme tourmentée. Puis venaient des interventions célestes et comme de suaves caresses. J'étais enivrée. Je demandai le nom de ce grand artiste. Il se nommait Peter Dunne.

— Vous devriez être illustre, lui dis-je. Vous avez du génie.

— Ne croyez pas cela. L'heure et la nuit vous font illusion. Je suis un médiocre exécutant. Mais la foi m'inspire et, ce soir, votre présence.

Cette sorte de déclaration ne m'étonna ni me choqua. Peter Dunne était un de ces êtres avec qui, après quelques minutes, on atteint à une extraordinaire intimité... Il n'était pas de ce monde. Quand la visite des trois églises fut terminée, il dit, très simplement :

— Il est à peine minuit. Voulez-vous venir passer chez moi les trois ou quatre heures d'attente qui nous restent ? Je vous ferai des œufs brouillés. Il y a aussi quelques fruits. Ma femme de ménage devait venir, demain matin, pour emporter tout cela.

---

escalier *m* en vis	*Wendeltreppe*
sublime	*erhaben*
guide [gid] *m*	*Führer*
bouleversant	*sehr verwirrend*
confession *f*	*Geständnis*
torrentueux	*wild, leidenschaftlich*
tourmenter	*quälen, beunruhigen*
intervention *f*	*Zwischenstück, Passage*
céleste	*himmlisch*
suave	*lieblich, zart*
caresse *f*	*Liebkosung*
enivrer [ãni'vre]	*berauschen*
illustre	*berühmt*
médiocre	*mittelmäßig*
exécutant *m*	*Musiker*
foi *f*	*Glaube*
étonner	*erstaunen*
à peine	*kaum*
minuit *m*	*Mitternacht*
œufs *m/pl.* brouillés	*Rühreier*
femme *f* de ménage	*Haushilfe*

Je me sentis heureuse et, puisque je vous dis tout, avouons que j'espérai, vaguement, que cette soirée allait être le commencement d'un amour. Les femmes dépendent plus que vous, hommes, pour les mouvements de leurs sens, de leurs admirations. Cette musique divine, cette nuit peuplée de chants, cette main douce et ferme qui me guidait dans l'ombre, tout m'avait préparée à de confus désirs. Si mon compagnon le voulait, j'étais à sa merci... Je suis comme ça.

Son petit appartement débordant de livres, peint en blanc « coquille d'œuf », avec un bandeau noir, me plut. Tout de suite, j'y fus chez moi. J'enlevai de moi-même, mon chapeau et mon manteau de voyage. J'offris de l'aider à préparer, dans sa cuisine minuscule, notre souper. Il refusa :

— Non, j'ai l'habitude. Prenez un livre. Je vais revenir dans quelques minutes.

Je choisis les *Sonnets* de Shakespeare et j'eus le temps d'en lire trois qui s'accordaient merveilleusement à l'état d'esprit exalté où je me trouvais. Puis Peter revint, plaça une petite table devant moi et me servit.

— Tout ceci est délicieux, dis-je. Et je m'en réjouis... J'avais faim. Quel homme étonnant vous êtes ! Vous faites tout bien. Heureuse la femme qui partage votre vie !

admiration f	Bewunderung
peuplé	erfüllt
ferme	fest
confus	wirr
être à sa merci	in seiner Gewalt sein
déborder	überfließen
bandeau m	Band, Sims
enlever	ablegen
minuscule	winzig
avoir l'habitude	es gewohnt sein
s'accorder	übereinstimmen
merveilleusement	wunderbar
exalter	erheben, begeistern
délicieux	köstlich

— Aucune femme ne partage ma vie... Mais j'aimerais mieux vous entendre parler de vous. Vous êtes Française, cela va de soi? Vous partez pour l'Amérique ?

— Oui, je vais épouser un Américain.

Il ne parut ni surpris, ni mécontent.

— Vous l'aimez ?

— Je dois l'aimer puisque j'ai décidé de le prendre pour compagnon permanent.

— Ce n'est pas toujours une raison, dit-il. Il y a des mariages vers lesquels on s'est laissé glisser, de manière insensible et lente, sans vraiment les vouloir. Soudain l'on se trouve devant l'engagement pris. On n'a plus le courage de reculer. Voilà un destin manqué... Mais j'ai tort de vous dire ces choses pessimistes, quand je ne sais rien de votre choix. Il n'est pas probable qu'une femme de votre qualité se soit trompée... La seule chose qui m'étonne...

Il s'arrêta.

— Dites... Ne craignez pas de me froisser. Je suis l'être le plus lucide... je veux dire le plus capable de regarder ses propres actions de l'extérieur en les observant et en les jugeant.

— Eh bien ! reprit-il, la seule chose qui m'étonne, c'est, non qu'un Américain ait pu vous plaire (il y en a de très remarquables, et

cela va de soi	selbstverständlich
mécontent	unzufrieden
se laisser glisser	hineinrutschen
insensible	unmerklich
engagement *m*	Versprechen, Zusage
reculer	zurückweichen
destin *m*	Schicksal
manqué	verfehlt
avoir tort	unrecht haben
choix *f*	Wahl
probable	wahrscheinlich
se tromper	s. täuschen
étonner	erstaunen
craindre	fürchten
froisser [frwa'se]	kränken
lucide	klarsehend
capable	fähig
observer	beobachten
remarquable	bemerkenswert

même de très attirants), mais que vous ayez souhaité passer avec lui, dans son pays, toute votre vie... Vous allez trouver là-bas, vraiment, un « nouveau monde » dont les valeurs ne sont pas les vôtres... Peut-être sont-ce là préjugés d'Anglais... Peut-être aussi votre fiancé est-il en lui-même assez parfait pour que vous n'attachiez aucune importance à la société qui entourera votre couple.

Je réfléchis un instant. Il me semblait, je ne savais pourquoi, que tout ce que je disais à Peter Dunne était d'une extraordinaire importance et que j'avais le devoir de traduire pour lui, exactement, les moindres nuances de mes pensées.

— Ne croyez pas cela, dis-je. Jack (mon futur mari) n'est pas un homme *parfait* et je suis certaine qu'il ne pourrait suppléer, par lui-même, à l'absence d'un milieu qui me soit sympathique... Non... Jack est un charmant garçon, très honnête homme, qui sera pour moi un bon mari en ce sens qu'il ne me trompera pas et me fera des enfants sains. Mais en dehors de ces enfants, de ses affaires, de la politique et des anecdotes sur nos amis, nous aurons peu de sujets d'intérêt communs... Comprenez-moi bien. Jack n'est pas du tout inintelligent ; il est un homme d'affaires très adroit ; il a un cer-

attirant	anziehend
souhaiter	wünschen
préjugé m	Vorurteil
attacher aucune importance à qch.	etw. keine Bedeutung beimessen
société f	Gesellschaft
couple m	Paar
réfléchir	überlegen
importance f	Wichtigkeit
suppléer	ersetzen
tromper qn	j-n betrügen
sain	gesund
intérêt m	Interesse
commun	gemeinsam
inintelligent [inɛtɛli'ʒɑ̃]	unintelligent
homme m d'affaires	Geschäftsmann
adroit	geschickt

tain instinct de la beauté, un goût assez sûr... Seulement poèmes, tableaux, musique ne sont pas importants à ses yeux. Il n'y pense jamais... Est-ce si grave ? Après tout, l'art n'est qu'une des activités humaines.

— Sans doute, dit Peter Dunne... On peut être un homme très sensible sans aimer les arts, ou plutôt sans les connaître... Et même je préfère une franche indifférence à un snobisme actif et bruyant. Mais pour être le mari d'une femme telle que vous... A-t-il au moins cette finesse du cœur qui permet de deviner les mouvements secrets de celle à côté de qui l'on vit ?

— Il ne cherche pas si loin... Je lui plais ; il ne sait pas pourquoi ; il ne se pose pas la question. Il ne doute pas de me rendre heureuse... N'aurai-je pas un mari travailleur, un appartement dans Park Avenue, une voiture de grande classe et d'excellents serviteurs noirs, choisis par sa mère qui est de Virginie ? Qu'est-ce qu'une femme peut vouloir de plus ?

— Ne soyez pas sarcastique, dit-il. Le sarcasme est toujours signe d'une mauvaise conscience. Quand il s'applique aux êtres que l'on devrait aimer, il tue toute affection... Mais oui... Et c'est très grave. La seule chance de salut est dans une attitude vraiment tendre

goût *m*	Geschmack
poème *m*	Gedicht
tableau *m*	Bild
à ses yeux	in seinen Augen
grave	schlimm, schwerwiegend
activité *f*	Betätigung
franc, franche	aufrichtig, freimütig
indifférence *f*	Gleichgültigkeit
bruyant [brɥiˈjã]	lärmend
finesse *f*	Feinheit, Zartheit
permettre	erlauben
deviner	erraten
mouvements *m/pl.* secrets	geheime Regungen
travailleur	arbeitsam
exellent	ausgezeichnet
serviteur *m*	Diener
choisir	auswählen
sarcastique	sarkastisch
conscience *f*	Gewissen
s'appliquer à	sich beziehen auf
affection *f*	Zuneigung
salut *m*	Heil, Rettung
attitude *f*	Haltung
tendre	zärtlich

et charitable envers les hommes. Presque tous sont si malheureux...

— Je ne crois pas que Jack soit malheureux. Il est un Américain bien adapté à la société qui est la sienne et qu'il tient, honnêtement, pour la meilleure du monde. De quoi douterait-il ?

— Bientôt de vous. Vous lui enseignerez la souffrance.

Je ne sais si je suis arrivée à vous faire sentir que j'étais, cette nuit-là, dans un état d'esprit qui me disposait à tout accepter. Il était assez extraordinaire que je fusse, à une heure du matin, seule dans l'appartement d'un Anglais que j'avais rencontré, quelques heures plus tôt, sur un aérodrome. Il était plus étonnant encore que je lui eusse fait des confidences sur ma vie personnelle et sur mes projets d'avenir. Enfin il était stupéfiant qu'il me donnât des conseils et que je les entendisse avec une sorte de respect.

Mais c'était ainsi. Il émanait de Peter une bonté et une dignité qui rendaient la situation toute naturelle. Non qu'il prît des allures de prophète, ni de prédicateur. Loin de là. C'était un homme sans affectation. Il riait de bon cœur si je faisais une remarque amusante. Seulement on devinait en lui un sérieux direct, qui est la chose du monde la plus rare... Oui, c'est cela... Un sérieux direct... Vous

charitable	wohlwollend
adapter	anpassen
honnêtement	aufrichtig
douter de qch.	an etw. zweifeln
enseigner	lehren
souffrance f	Leiden
état m d'esprit	Stimmung
disposer qn	j-n geneigt machen
accepter	akzeptieren
extraordinaire	außergewöhnlich
étonnant	erstaunlich
confidence f	vertrauliche Mitteilung
projets m/pl. d'avenir	Zukunftspläne
stupéfiant	verblüffend
conseil m	Rat(schlag)
émaner	ausgehen
dignité f	Würde
allure f	Haltung, Benehmen
prédicateur m	Prediger
affectation f	Verstellung, Heuchelei
remarque f	Bemerkung
sérieux m	Ernsthaftigkeit
rare	selten

comprenez ? La plupart des gens ne disent pas ce qu'ils pensent. Derrière leurs phrases, il y a toujours une arrière-pensée. L'idée qu'ils expriment en masque une autre, qu'ils veulent tenir bien cachée... Ou bien ils disent n'importe quoi, sans penser. Peter, lui, se conduisait comme certains personnages de Tolstoï. Il allait droit au fond des choses. Cela me frappa tant que je lui demandai :

— Avez-vous du sang russe ?

— Pourquoi ? Il est étonnant que vous me posiez cette question. Oui, ma mère était Russe ; mon père, Anglais.

Je fus si fière de ma petite découverte que je continuai à l'interroger :

— Vous n'êtes pas marié ? Vous ne l'avez jamais été ?

— Non... Parce que... Cela va vous paraître orgueilleux... Je me réserve pour quelque chose de plus grand.

— Pour un grand amour ?

— Pour un grand amour, mais qui ne sera pas l'amour d'une femme. J'ai le sentiment qu'il y a, au-delà des apparences misérables de ce monde, quelque chose de très beau pour quoi il faut vivre.

— Et ce « quelque chose », vous le trouvez dans la musique religieuse ?

— Oui, et dans les poètes. Comme aussi dans les Evangiles. Je

arrière-pensée *f*	Hintergedanke
exprimer	ausdrücken
masquer	verdecken
cacher	verstecken
n'importe quoi	irgend etwas

se conduire	sich benehmen
droit	direkt
frapper	beeindrucken

fier, fière [fjɛːr]	stolz
découverte *f*	Entdeckung
marié	verheiratet

paraître	(er)scheinen
orgueilleux [ɔrgœ'jø]	hochmütig
réserver	(auf)bewahren

sentiment *m*	Gefühl
au-delà	jenseits
apparence *f*	äußerer Schein
misérable	erbärmlich

Evangile *m*	Evangelium

voudrais faire, de ma vie, une chose très pure. Je vous demande pardon de parler ainsi de moi, et de manière si... emphatique... si peu britannique... mais il me semble que vous comprenez si bien... si vite...

Je me levai et allai m'asseoir à ses pieds. Pourquoi ? Je ne saurais vous le dire. Je ne pouvais faire autrement.

— Oui, je comprends, dis-je. Je sens comme vous qu'il est fou de gaspiller notre vie, qui est notre seul bien, en instants médiocres, en besognes vaines, en querelles mesquines... Je voudrais que toutes mes heures soient comme celle que je passe en ce moment avec vous... Et pourtant je sais que cela ne sera pas... Je n'ai pas la force... Je vais m'abandonner au courant, parce que c'est plus facile... Je serai Mrs. Jack D. Parker ; je jouerai à la canasta ; j'améliorerai mon *score* au golf ; j'irai, l'hiver, en Floride et les années passeront ainsi, jusqu'à ce que mort s'ensuive... Vous me direz peut-être que c'est dommage... Vous aurez raison... Mais que faire ?

Je m'appuyai à ses genoux ; en cette minute-là, j'étais à lui... Oui, la possession ne signifie rien ; le consentement est tout.

— Que faire ? dit-il. Garder le commandement de vous-même. Pourquoi vous abandonner au courant? Vous savez nager. Je veux dire : vous êtes capable d'énergie et de grandeur... Mais si !... Et d'ailleurs il n'est pas besoin d'une longue lutte pour maîtriser son destin. Dans le cours d'une vie humaine se présentent quelques rares moments où tout se décide, pour longtemps. C'est en ces moments qu'il faut avoir le courage de dire oui — ou non.

— Et vous pensez que je suis en un de ces moments où il faut avoir le courage de dire : *Non* ?

Il caressa mes cheveux, puis éloigna vivement sa main et parut méditer.

— Vous me posez, dit-il enfin, une question bien difficile. Quel droit ai-je, moi qui vous connais à peine, qui ne sais rien de vous, de votre famille, de votre futur mari, quel droit ai-je de vous donner un conseil ? Je risque de me tromper si lourdement... Ce n'est pas moi qui dois répondre : c'est vous. Car vous seule savez ce que vous espérez de ce mariage ; vous seule avez des éléments pour en prévoir les conséquences... Tout ce que je puis faire, c'est d'attirer votre attention sur ce qui, à mon avis, et je crois aussi à *votre* avis, est essentiel, et de vous demander : « Etes-vous sûre de ne pas tuer en vous ce que vous avez de meilleur ? »

nager	*schwimmen*
capable	*fähig*
lutte *f*	*Kampf*
maîtriser	*beherrschen*
destin *m*	*Schicksal*
se décider	*sich entscheiden*
courage *m*	*Mut*
caresser	*streicheln*
éloigner	*entfernen, wegnehmen*
vivement	*schnell, rasch*
méditer	*nachdenken*
à peine	*kaum*
conseil *m*	*Rat*
risquer	*riskieren*
se tromper	*sich täuschen*
lourdement	*schwer(wiegend)*
espérer	*(er)hoffen*
élément *m*	*Grundlage*
prévoir	*voraussehen*
conséquence *f*	*Folge*
attirer l'attention sur	*die Aufmerksamkeit richten auf*
essentiel	*wesentlich*

Je réfléchis à mon tour.

— Hélas ! non, je n'en suis pas certaine. Ce que j'ai de meilleur, c'est l'espoir de je ne sais quelle exaltation ; c'est la soif de sacrifices... Je rêvais, enfant, d'être une sainte ou une héroïne... Maintenant, je rêve de me consacrer à un homme admirable et, si j'en suis capable, de l'aider à faire son œuvre, à remplir sa mission... Voilà... Ce que je viens de vous dire, je ne l'ai dit à personne... Pourquoi à vous ? Je me le demande. Quelque chose en vous appelle les confidences — et la confiance.

— Ce quelque chose, dit-il, est le renoncement. Celui qui, pour lui-même, ne cherche plus ce que les hommes appellent *le bonheur*, devient peut-être capable d'aimer les autres comme ils doivent être aimés, et de retrouver par là une autre forme de bonheur.

Je fis alors un geste hardi et un peu fou. Je lui saisis les mains et je dis :

— Et pourquoi vous, Peter Dunne, n'auriez-vous pas votre part de vrai bonheur ? Moi aussi, je vous connais à peine et pourtant il me semble que vous êtes l'homme que j'ai toujours inconsciemment recherché.

— Ne croyez pas cela... Je vous apparais tout autrement que je ne suis en réalité. Je ne serais, pour

espoir *m*	*Hoffnung*
exaltation *f*	*Begeisterung*
soif *f*	*Durst*
sacrifice *m*	*Aufopferung*
rêver	*träumen*
sainte *f*	*Heilige*
héroïne *f*	*Heldin*
se consacrer	*sich hingeben, sich widmen*
œuvre *f*	*Werk*
remplir	*erfüllen*
confiance *f*	*Vertrauen*
renoncement *m*	*Verzicht, Entsagung*
hardi	*kühn*
part *m*	*Teil*
inconsciemment	*unbewußt*

aucune femme, un mari ni un amant souhaitable. Je vis trop en moi-même. Je ne supporterais pas d'avoir près de moi, du matin au soir et du soir au matin, un être qui exigerait de moi une attention de tous les instants et qui en aurait le droit...

— L'attention serait réciproque.

— Sans doute, mais je n'ai pas besoin, moi, d'attention.

— Vous vous sentez assez fort pour affronter la vie seule... C'est cela ?

— Plus exactement, je me sens assez fort pour affronter la vie avec tous les hommes de bonne volonté... pour travailler avec eux à faire un monde plus sage, plus heureux... ou au moins pour essayer de le faire.

— Ce serait peut-être moins difficile si vous aviez une compagne à vos côtés. Bien sûr, il faut qu'elle partage la foi qui vous anime. Mais si elle vous aime...

— Cela ne suffit pas... J'ai connu plus d'une femme qui, amoureuse, suivait comme une somnambule l'homme qu'elle aimait. Un jour, elle se réveillait et voyait avec terreur qu'elle était sur les toits, en danger. Elle n'avait plus alors qu'une idée : redescendre et regagner le plancher de la vie quotidienne... L'homme, s'il a pitié, suit la femme et redescend lui aussi. Puis, comme on dit, ils fondent un

amant *m*	Liebhaber
souhaitable [swɛ'tablə]	wünschenswert
supporter	ertragen
exiger	verlangen
attention *f*	Aufmerksamkeit
de tous les instants	immerwährend
réciproque	beiderseitig
affronter	die Stirn bieten
de bonne volonté	guten Willens
sage	besonnen, vernünftig
compagne *f*	Gefährtin
partager	teilen
foi *f*	Glauben
animer	beseelen
suffire	genügen
amoureux	verliebt
somnambule [sɔmnɑ̃'byl]*f*	Schlafwandlerin
se réveiller	aufwachen
terreur *f*	Schrecken
redescendre	wieder heruntersteigen
regagner	wiedergewinnen
plancher *m*	Boden
quotidien [kɔti'djɛ̃]	täglich
pitié *f*	Mitleid
fonder	gründen

51

foyer... Voilà un guerrier désarmé ?

— Vous voulez combattre seul.

Il me releva, non sans tendresse :

— Il ne m'a jamais été plus pénible de le dire, mais c'est vrai... Je veux combattre seul.

Je soupirai :

— Dommage ! J'étais prête à vous sacrifier Jack.

— Mieux vaudrait sacrifier Jack *et* moi.

— A qui ?

— A vous-même.

J'avais repris mon chapeau et allai le mettre devant la glace. Peter me tendit mon manteau.

— Vous avez raison, dit-il, il faut partir. L'aéroport est très loin d'ici et mieux vaut arriver avant les voyageurs du car.

Il alla éteindre une lampe dans la cuisine. Avant de sortir, d'un mouvement auquel, me sembla-t-il, il n'avait pu résister, il me prit dans ses bras et m'y serra d'une étreinte fraternelle. Je ne me défendis pas ; je m'abandonnais à une force par laquelle il me plaisait d'être dominée. Mais il desserra vite ses bras, ouvrit la porte et me fit passer. Nous trouvâmes dans la rue sa petite voiture et je montai à côté de lui, sans rien dire.

Il pleuvait et les rues du Londres nocturne étaient d'une tristesse lugubre. Au bout d'un instant, Pe-

foyer *m*	*Hausstand*
guerrier *m*	*Krieger*
désarmé	*entwaffnet*
tendresse *f*	*Zärtlichkeit*
pénible	*peinlich*
soupirer	*seufzen*
prêt	*bereit*
sacrifier	*opfern*
éteindre	*auslöschen*
résister	*widerstehen*
serrer	*drücken*
étreinte *f*	*Umarmung*
fraternel	*brüderlich*
s'abandonner	*sich überlassen*
dominer	*beherrschen*
desserrer	*lösen*
monter	*einsteigen*
nocturne	*nächtlich*
lugubre	*düster*

ter parla. Il me décrivit les gens qui vivaient dans ces petites maisons, construites en série, leurs vies monotones, leurs pauvres plaisirs et leurs espoirs. Sa puissance d'évocation était étonnante. Il aurait pu être un grand romancier.

Puis nous arrivâmes à la zone des usines de banlieue. Mon compagnon s'était tu. Moi, je pensais. Je pensais à ce qu'allait être, le lendemain, mon arrivée à New-York ; à Jack qui, sans doute, après cette nuit émouvante, me paraîtrait un peu ridicule. Soudain, je dis :

— Peter, arrêtez !

Il freina brusquement, puis demanda :

— Qu'y a-t-il ? Vous êtes souffrante ?... Ou vous avez oublié quelque chose chez moi ?

— Non. Mais je ne veux plus aller à New-York... Je ne veux pas me remarier.

— Quoi ?

— J'ai réfléchi. Vous m'avez ouvert les yeux. Vous m'avez dit qu'il y a, dans la vie, des moments où tout, pour longtemps, se décide... En voici un... Ma décision est prise. Je n'épouserai pas Jack Parker.

— C'est pour moi une terrible responsabilité. Je crois vous avoir donné un bon conseil. Mais je puis me tromper.

décrire	*beschreiben*
construire	*bauen*
puissance *f*	*Macht, Kraft*
évocation *f*	*Beschwörung*
romancier *m*	*Romanschriftsteller*
usine *f*	*Fabrik*
banlieue *f*	*Vorort*
s'était tu : *Plusquamperfekt von* se taire	*schweigen*
le lendemain	*am folgenden Tag*
émouvant	*aufregend*
ridicule	*lächerlich*
freiner [frɛˈne]	*bremsen*
brusquement	*hart, plötzlich*
souffrant	*leidend*
réfléchir	*nachdenken*
se décider	*sich entscheiden*
terrible	*furchtbar*
responsabilité *f*	*Verantwortung*
se tromper	*sich täuschen*

— Vous ne pouvez pas vous tromper. Et surtout, moi, je ne puis me tromper. Je vois si clairement, maintenant, que j'allais faire une folie. Je ne partirai pas.

— Dieu soit loué! dit-il. Vous êtes sauvée. Vous allez à un désastre. Mais n'êtes-vous pas effrayée de rentrer à Paris, d'expliquer...?

— Pourquoi? Mes parents et mes amis regrettaient mon départ. Ils appelaient ce mariage un coup de tête... Ils seront heureux de me voir rentrer.

— Et Mr. Parker.

— Jack aura du chagrin quelques jours, ou quelques heures. Il souffrira dans son amour-propre, mais il se dira qu'il aurait eu bien des ennuis avec une femme aussi capricieuse, et se réjouira de ce que la rupture se soit faite *avant*, non après le mariage... Seulement, il faut lui envoyer d'urgence un câble, pour qu'il n'aille pas demain me chercher inutilement.

Peter remit son moteur en marche.

— Que faisons-nous? dit-il.

— Nous continuons vers l'aérodrome. Votre avion vous attend. Moi, j'en prendrai un autre, pour la France. Le rêve est fini.

— C'était un beau rêve, dit-il.

— Un rêve blanc.

En arrivant au champ d'aviation, j'allai au bureau du télégraphe et

folie *f*	Dummheit
Dieu soit loué	Gott sei Dank
sauver	retten
désastre *m*	Katastrophe
regretter	bedauern
départ *m*	Abreise
coup *m* de tête	unüberlegte Handlung
rentrer	zurückkehren
chagrin *m*	Kummer
souffrir	leiden
amour-propre *m*	Eigenliebe
ennui [ɑ̃'nɥi] *m*	Ärger
capricieux	launisch
se réjouir	sich freuen
rupture *f*	Bruch
d'urgence	sofort, eiligst
câble *m*	Kabeltelegramm
inutilement	umsonst
continuer	weiterfahren
rêve *m*	Traum
rêve *m* blanc	leerer (eitler) Traum
champ *m* d'aviation	Flugfeld

54

rédigeai un câble pour Jack : « SUIS ARRIVÉE A CONCLUSION QUE MARIAGE DÉRAISONNABLE *Stop*. LE REGRETTE PARCE QUE VOUS AIME BEAUCOUP MAIS NE POURRAIS VIVRE A L'ÉTRANGER *Stop*. AI JUGÉ FRANCHISE PRÉFÉRABLE *Stop*. VOUS ENVOIE BILLET POUR REMBOURSEMENT *Stop*. TENDRESSES. — MARCELLE. » Je relus et remplaçai VIVRE A L'ÉTRANGER par VIVRE ÉTRANGER. Cela restait clair, avec deux mots de moins.

Peter, pendant que j'envoyais mon câble, avait été se renseigner sur le départ de son avion. Quand il revint :

— Tout va bien, me dit-il. Ou plutôt tout va mal : le moteur est réparé. Je partirai dans vingt minutes. Vous devez attendre jusqu'à sept heures. Cela m'ennuie de vous laisser seule. Voulez-vous que je vous achète un livre ?

— Non, dis-je. J'ai de quoi penser.

— Vous êtes bien sûre de ne rien regretter ? Il est encore temps mais, à la minute où vous aurez fait partir le câble, il sera trop tard pour vous raviser.

Sans répondre, je tendis la formule à l'employé du télégraphe.
— Différé ? demanda-t-il.
— Non.

rédiger	*aufsetzen*
conclusion *f*	*Schluß, Folgerung*
déraisonnable	*unvernünftig*
regretter	*bedauern*
étranger *m*	*Ausland, Fremde*
franchise *f*	*Offenheit*
préférable	*vorzuziehen, besser*
billet *m*	*Flugkarte*
remboursement *m*	*Rückvergütung*
tendresses *f/pl.*	*Liebkosungen*
relire	*noch einmal lesen*
remplacer	*ersetzen*
se renseigner	*sich erkundigen*
ennuyer [ãnɥi'je]	*beunruhigen*
j'ai de quoi penser	*ich muß viel nachdenken*
se raviser	*sich anders besinnen*
formule *f*	*Formular*
employé *m*	*Angestellter*
différer	*zurückstellen, aufschieben*

Puis je passai mon bras sous celui de Peter.

Cher Peter, j'ai l'impression d'accompagner à l'avion mon plus vieil ami.

Je serais incapable de vous répéter tout ce qu'il m'a dit pendant les vingt minutes qui nous restaient. Ce furent de véritables règles de vie qu'il me donna. Vous avez bien voulu me dire quelquefois que j'ai des qualités d'homme, que je suis une fidèle amie, que je ne mens pas. Si ces belles choses sont en partie vraies, je le dois à Peter. Enfin le haut-parleur appela : « *Les voyageurs pour New-York. Vol six cent trente-deux...* » J'allai avec Peter jusqu'au portillon. Là je me haussai jusqu'à sa bouche et l'embrassai conjugalement. Je ne l'ai jamais revu.

— Vous ne l'avez jamais revu ! Pourquoi ? Ne lui aviez-vous pas donné une adresse ?

— Si, mais il n'a jamais écrit. Je crois qu'il aimait à passer ainsi dans la vie des êtres, à les orienter, puis à disparaître.

— Et vous, allant à Londres, n'avez-vous pas cherché à le revoir ?

— Pourquoi faire ? Il m'avait donné, comme il disait, le meilleur de lui. Nous n'aurions jamais retrouvé l'atmosphère inouïe de cette nuit... Non, c'était très bien ainsi... Il ne faut pas tenter de revivre un

accompagner	*begleiten*
incapable	*unfähig*
véritable	*richtiggehend*
fidèle	*treu*
mentir	*lügen*
haut-parleur *m*	*Lautsprecher*
portillon *m*	*Sperre*
se hausser	*sich recken*
conjugal	*ehelich*
disparaître	*verschwinden*
inouï	*beispiellos, ungeheuer*
tenter	*versuchen*
revivre	*erneut erleben*

moment trop parfait... Mais n'avais-je pas raison de vous dire que cette aventure a été la plus étrange de ma vie ? Que l'homme qui a changé mon destin, qui m'a fait vivre en France et non en Amérique, qui a eu sur moi la plus durable influence soit un Anglais inconnu, rencontré par hasard sur un champ d'aviation, vous ne trouvez pas ça merveilleux ?

— Cela ressemble, dis-je, à ces histoires antiques où un dieu se déguise en mendiant ou en étranger pour aborder les mortels... A la vérité, Marcelle, l'inconnu ne vous avait pas tellement transformée puisque vous avez fini par épouser Renaud qui est, sous un autre nom, le même homme que Jack.

Elle rêva un instant :

— Bien sûr, dit-elle. On ne change pas les natures ; on les retouche.

aventure *f*	*Abenteuer*
durable	*dauerhaft*
influence *f*	*Einfluß*
par hasard	*zufällig*
merveilleux	*wunderbar*
ressembler	*gleichen*
se déguiser en	*sich verkleiden als*
mendiant *m*	*Bettler*
aborder	*ansprechen*
mortel *m*	*Sterblicher*
inconnu *m*	*Unbekannter*
transformer	*verändern*
changer	*verändern*
retoucher	*überarbeiten, verbessern*

Le départ

Je ne pouvais plus bouger, ni parler. Mes membres, ma langue, mes paupières n'obéissaient plus à ma volonté, et, bien que mes yeux fussent ouverts, je ne voyais plus qu'un brouillard lumineux où des gouttes brillantes dansaient comme des grains de poussière dans un rai de soleil. Je sentais que j'allais cesser d'être. Pourtant j'entendais encore. Le son des mots m'arrivait voilé, chuchotement plutôt que conversation, et je reconnaissais des voix. Je savais qu'il y avait là, autour de mon lit, le Dr Galtier, notre médecin (son accent de terroir amorti par quelque pédale feutrée), un autre médecin dont le ton autoritaire faisait crisser mes nerfs tendus, et Donatienne, ma femme, de qui je percevais les sanglots étouffés et les questions haletantes.

— Est-ce qu'il est conscient ? demanda-t-elle.

— Non, Madame, répondit le docteur inconnu. Certainement non. Il n'est même plus délirant. C'est le coma. Question d'heures, peut-être de minutes.

— Ne croyez-vous pas, dit timidement Galtier de sa voix rocail-

bouger	rühren, bewegen
membre	Glied
paupière f	(Augen-) Lid
obéir	gehorchen
brouillard [bru'jaːr] m	Nebel
goutte f	Tropfen
grain m de poussière	Staubkörnchen
rai [rɛ] m de soleil	Sonnenstrahl
cesser	aufhören
voilé	unklar, verschleiert
chuchotement m	Flüstern
terroir m	Heimat
amorti	abgeschwächt gedämpft
pédale f	Pedal
feutré	gedämpft
crisser	knirschen
tendu	gereizt
sanglot m	Schluchzen
étouffé	erstickt
haleter	keuchen
conscient	bei Bewußtsein
délirant	im Fieberwahn
coma m	Koma
timide	ängstlich
rocailleux	holperig

leuse, ne croyez-vous pas qu'une piqûre... ?

— Pourquoi tourmenter ce malheureux ? reprit le consultant. A son âge, mon cher confrère, on ne survit pas à un tel choc... La pénicilline était notre dernier espoir. Elle n'a pas produit les effets que nous en attendions... Il n'y a plus, hélas ! rien à faire.

— Ne pensez-vous pas, dit Galtier avec respect, que la constitution du patient est un facteur aussi important que son âge ? Je l'avais examiné il y a un mois, à la veille de cette pneumonie... Il avait un cœur et une tension de jeune homme.

— En apparence, dit le professeur, en apparence... On croit cela... En fait l'âge est l'âge.

— Mais non, professeur ! dit Donatienne avec force. Mon mari était jeune, très jeune...

— Il se croyait jeune, Madame, et rien n'est plus dangereux que cette illusion... Vous devriez, Madame, aller vous reposer. Il ne peut plus vous voir, je vous l'affirme. L'infirmière vous appellera si...

Le sanglot de Donatienne, presque un cri, déchira le voile et je crus entrevoir ses yeux au loin, comme des feux sur une côte enveloppée de brume. Mais cela ne dura qu'un instant et les voix même s'éteignirent. Je restai seul, dans un silence à couper au cou-

piqûre *f*	*Spritze*
tourmenter	*quälen*
confrère *m*	*Kollege*
survivre	*überleben*
pneumonie [pnɵmɔ'ni] *f*	*Lungenentzündung*
tension *f*	*Spannkraft*
infirmière *f*	*Krankenschwester*
déchirer	*zerreißen*
voile *m*	*Schleier*
brume *f*	*Nebel*
s'éteindre	*verstummen*

teau. Combien de temps ? Je l'ignore, mais ce fut quand l'ennui devint intolérable que j'eus soudain la folle idée de me lever. J'aurais voulu appeler l'infirmière ; j'essayai plusieurs fois ; elle ne vint pas. Je criai, ou crus que je criais :

— Donatienne !

Ma femme ne répondit pas.

« Je vais la chercher », pensai-je.

Comment savais-je que je serais capable de soulever mes jambes amaigries, de poser mes pieds sur le tapis, de marcher ? Je me souviens seulement que j'en étais certain, et j'avais raison, car j'allai sans effort, malgré les épaisses vapeurs qui remplissaient ma chambre, jusqu'à l'armoire où se trouvaient mes costumes. Mais au moment où j'allais en atteindre la porte, ma main rencontra mon corps et je sentis avec surprise que j'étais déjà vêtu. Je reconnus le poil rude du pardessus que j'avais acheté à Londres pour voyager par mauvais temps. Baissant les yeux, je découvris que j'étais chaussé et que je me trouvais debout, non sur un parquet, mais sur des pavés inégaux. Dans quel état de somnambulisme avais-je fait les gestes qui m'avaient tiré de mon lit, habillé, transporté hors de la maison ? J'étais trop excité pour y réfléchir. Ce qui semblait certain et merveilleux, c'est que je n'étais

ignorer	nicht wissen
ennui *m*	Ärger, Langeweile
intolérable	unerträglich
fou, folle	verrückt
soulever	erheben, aufrichten
amaigri	abgemagert
tapis *m*	Teppich
effort *m*	Anstrengung, Mühe
épais, -sse	dicht
vapeur *f*	Dampf
atteindre	erreicher
vêtu	angezogen
poil *m*	Fell
rude	rauh
être chaussé	Schuhe anhaben
parquet *m*	Parkett
pavé *m*	Pflaster
inégal	uneben, ungleich
somnambulisme [sɔmnɑ̃by-'lism] *m*	Nachtwandeln
excité	erregt

plus mourant, ni même malade. Quelle était cette ville ? Paris ? Le brouillard jaunâtre ressemblait plutôt à celui de Londres. Protégeant mon visage de mes mains tendues contre les obstacles invisibles, je fis quelques pas et tentai de trouver un mur. J'entendis au loin les mugissements majestueux, espacés, de sirènes marines. Le vent me parut vif et salin comme celui de l'Océan. Quel était ce port ?

jaunâtre	gelblich
obstacle m	Hindernis
tenter	versuchen
mugissement m	Geheul
espacé	weithallend
salin	salzig

*

— Hé ! Là ! Regardez donc où vous allez...

— Excusez-moi, dis-je. Je ne vois rien... Où suis-je ?

L'homme portait une puissante lampe électrique. Il la tourna vers moi, puis vers lui-même, et je vis qu'il était en uniforme, mais sa tenue n'était ni celle d'un agent de police français, ni celle d'un policeman anglais ; elle ressemblait plutôt à la veste d'un pilote de ligne américain. Il me prit par l'épaule, sans rudesse, et me fit faire une oblique à gauche.

— Allez tout droit dans cette direction, dit-il, et vous trouverez le terrain.

Je compris qu'il parlait d'un terrain d'aviation. L'étrange est qu'il ne paraissait pas douter de mon désir de m'y rendre et que, de mon côté, je ne me demandais pas pour-

puissant	mächtig
tenue f	Haltung
ressembler	ähnlich sein
épaule f	Schulter
oblique f	Wendung
douter de	zweifeln an

quoi j'irais faire un voyage en avion au moment où je relevais à peine de ma plus terrible maladie. Je dis seulement : « Merci, capitaine », et suivis le chemin indiqué par lui.

Etait-ce la brume qui se levait ou mes yeux qui s'adaptaient ? Je ne sais, mais je commençais à distinguer des silhouettes humaines. Toutes allaient dans le même sens que moi. Peu à peu cette foule s'épaissit et bientôt nous formâmes une sorte de procession ; nous nous efforcions de marcher vite, car nous devinions, sans pouvoir l'expliquer (si j'en juge par mes propres sentiments) qu'il était urgent d'arriver. Mais l'avance devenait de plus en plus difficile et la route, me semblait-il, plus étroite...

— Ne poussez donc pas, me dit une femme.

Elle avait la voix d'une vieille.

— Je ne pousse pas, dis-je, on me pousse.

— Faites comme tout le monde et passez à votre tour.

Je m'arrêtai net, ce qui jeta ma valise (car je portais, je m'en aperçus à ce moment, une valise) dans les jambes de l'homme qui me suivait. Je me retournai. Le brouillard se dissipait ; je vis très nettement le visage irrité d'un nègre en chemise rose à col ouvert, jeune et beau.

se relever à peine	sich erholen kaum
s'adapter	s. gewöhnen
distinguer	unterscheiden, erkennen
s'épaissir	s. verdichten
urgent	dringend
avance *f*	Vorwärtskommen
étroit	eng
net	plötzlich
s'apercevoir de qch.	etw. gewahr werden
se dissiper	(ver)schwinden

— Pardonnez-moi, Monsieur, dit-il, d'un ton amer et sarcastique en me faisant une révérence de théâtre, pardonnez-moi d'avoir, de mes noires jambes, heurté votre blanche valise.

— Vous voyez bien, dis-je, que je ne l'ai pas fait exprès.

— Je m'excuse, Monsieur, dit-il avec de grands saluts moqueurs. Je m'excuse, cela ne m'arrivera plus.

Devant nous, je découvrais maintenant une longue colonne, plusieurs milliers de voyageurs. Au-delà s'estompaient une grille, des bâtiments, une tour d'observation, des hangars. Quelques moteurs tournaient au loin et les sirènes continuaient leurs appels. Un vent plus fort balayait les nuages bas et dramatiques qui, de temps à autre, se déchiraient.

A partir de ce moment nous n'avançâmes qu'avec une extrême lenteur. La femme qui était devant moi se retourna et je distinguai ses bandeaux de cheveux gris et ses yeux irlandais, beaux et doux. Elle n'était plus fâchée et me souriait. Elle semblait me dire : « Tout cela est bien pénible, mais vous et moi sommes courageux et le supporterons sans nous plaindre. » Après une heure de piétinement, elle vacilla :

— Je me suis levée si tôt, dit-elle, je suis épuisée...

amer [a'mɛːr]	beißend, bitter
révérence f	Verbeugung
heurter	(an)stoßen
exprès	absichtlich
moqueur	spöttisch
s'estomper	verschwimmen
grille f	Gitter
balayer	fegen, treiben
avancer	vorwärtskommen
bandeau m	Streifen, Strähne
fâché	böse, ärgerlich
pénible	mühselig
piétinement m	Trippeln
vaciller [vasi'je]	schwanken
épuisé	erschöpft

— Asseyez-vous sur ma valise, dis-je.

Mais lorsque je posai cette valise à terre, je fus frappé par sa légèreté :

— Mon Dieu ! m'écriai-je. Je n'ai ni mon stylo, ni mes pantoufles.

Et je partis en courant vers la ville. Pourquoi courais-je ? Qui m'attendait ? Et où allais-je ? Je ne savais.

*

Comment ai-je trouvé mon chemin dans cette ville inconnue ? Et comment y occupais-je une chambre, dans ce petit hôtel voisin du port ? Des trains électriques passaient sous mes fenêtres avec un bruit de ferraille ; des enseignes lumineuses s'allumaient et s'éteignaient en clignements rythmiques. Mon stylo était resté sur une table et mes pantoufles sous mon lit. Je les jetai dans ma valise avec des livres et des papiers, un rasoir, une robe de chambre, et repartis toujours courant. Un autobus monstrueux venait à quai le long du trottoir qu'arpentaient des policiers marins et militaires, leur revolver dans la ceinture de cuir blanc. Je sautai dans l'autobus. Après dix minutes, il me déposa non loin de la longue colonne rose et grise, devant les grilles du terrain.

Une fois encore, je dus subir le supplice de progresser pas à pas.

frappé	betroffen
pantoufles f/pl.	Hausschuhe
train m électrique	elektrische Bahn
ferraille f	Eisen, Schrott
clignement m	Blinken, Blinzeln
rasoir m	Rasierapparat
le long de	entlang
arpenter	abschreiten
ceinture f	Gürtel
déposer	absetzen
subir	erleiden, durchmachen
supplice m	Marter, Qual
progresser	weiterkommen
pas à pas	Schritt für Schritt

Quand, après deux heures, j'approchai de la grille, je compris pourquoi l'avance était si lente. On ne pouvait pénétrer sur le terrain que par un portillon, près duquel se tenait un gardien, de sorte que la colonne devait, au cours des derniers cent mètres, s'amenuiser jusqu'à devenir une file. Enfin il n'y eut plus, devant moi, que six personnes ! Je voyais maintenant le visage du gardien, un de ces hommes-taureaux, incorruptibles dont ont besoin tous les pouvoirs... Trois... Deux... Un... Vint mon tour. Je fus seul devant l'homme-taureau.

— Quelle ligne ? demanda-t-il.
— Y a-t-il plusieurs lignes ?
— Evidemment, dit-il sans impatience. Ligne catholique, ligne anglicane, ligne presbytérienne, ligne baptiste, ligne mormonne...
— Vos lignes sont donc confessionnelles ?
— Dépêchez-vous ! dit-il. Quelle ligne ?
— Et si le passager, dis-je, n'a pas de religion ?... N'avez-vous pas une Agnostic Line ?
— Si, dit-il, surpris, mais je ne vous la conseille pas... C'est une petite ligne toute jeune, mal organisée... Vous n'en aurez que des ennuis... Si vous tenez à réduire l'élément confessionnel au minimum, voyez Unitarian Line... C'est très propre, bien tenu, moderne.

pénétrer	be-, eintreten
portillon m	Türchen
s'amenuiser	s. verringern
file f	Reihe
taureau m	Stier, Bulle
incorruptible	unbestechlich
agnostic	engl. agnostisch
réduire	reduzieren
propre	eigen, genau

Derrière moi la file s'impatientait.

— Il y a des gens, dit un petit vieillard, qui prennent plaisir à faire la conversation devant un guichet quand toute la terre attend leur bon plaisir.

Je rougis et dis au gardien :
— Je voyagerai Unitarien.
— Bâtiment Central... Aile S... Le suivant !

*

Comme l'avait annoncé le portier, la ligne unitarienne me sembla confortable et bien tenue. Un air d'efficacité enveloppait les comptoirs de bois verni, les classeurs pleins de fiches chevauchées par des cavaliers multicolores, les cartes sur lesquelles étaient piqués de petits modèles d'avions, les affiches cubistes qui répétaient « Voyagez Unitarien », et les belles filles en uniforme noir qui recevaient les voyageurs. L'une d'elles vint à moi et me demanda :

— Vous avez votre visa de sortie ?

— Non... Quel visa ? je ne savais pas...

Elle soupira, puis avec politesse :
— Voyez Mr. Frazer, dit-elle.

Mr. Frazer, robuste garçon vêtu de noir, me rappela les chapelains athlétiques des Universités américaines. Sa cordialité, bien que pro-

s'impatienter	ungeduldig werden
guichet m	Schalter
rougir	rot werden
aile f	Flügel
efficacité f	Geschäftigkeit
verni	lackiert, poliert
comptoir m	Schalter
classeur m	Karteikasten
fiche f	(Kartei-) Blätter
chevaucher	reiten; hier: versehen (mit)
cavalier m	Reiter
piquer	anstecken
affiche f	Plakat
cubiste	kubistisch (Kunst)
visa m de sortie	Ausreisevisum
chapelain m	Kaplan
cordialité f	Herzlichkeit

fessionnelle, me parut authentique.

— Nous sommes heureux, très heureux de vous avoir avec nous, me dit-il. Nos clients sont nos amis ; nos amis sont nos clients. De plus en plus, les hommes intelligents voyagent Unitarien.

— C'est ce que je voulais faire, dis-je mais cette jeune personne me réclame un visa de sortie.

— Indispensable en effet, dit-il. Indispensable... Procurez-vous votre visa de sortie ; nous faisons le reste.

— Mais où dois-je le demander ? dis-je. Quelles démarches dois-je faire ?

A ce moment, sur son bureau, un trembleur vibra.

— Une minute, je vous prie, me dit-il, et il saisit le téléphone qui était à sa droite.

— *Yes, doctor*, dit-il. *Yes, doctor... Ten more... Well, well, doctor... You keep us busy... But the ten will be taken care of... Yes, doctor, I promise.*

Il raccrocha le téléphone de droite et saisit celui de gauche qui vibrait à son tour :

— Cinquante ? dit-il. Très bien, mon colonel... Entendu... Quels grades ? Tous simples soldats ? Entendu... Nous essaierons de les maintenir groupés... Merci pour avoir pensé à nous, mon colonel.

authentique	*echt, glaubwürdig*
indispensable	*unerläßlich*
se procurer	*s. verschaffen*
démarche *f*	*Schritt, Maßnahme*
trembleur *m*	*Summer*
vibrer	*vibrieren*
raccrocher	*den Hörer auflegen*

Toujours à vos ordres... Mes respects, mon colonel.

Après cela, il parla dans les deux téléphones en même temps et je crus entendre mon nom.

— Vous ne pourriez pas l'examiner cet après-midi ? demanda-t-il. Si, il est pressé... Pourquoi ? Voyons, vous savez bien, Franck, l'habituelle histoire... Vers quatre heures ? Bien... Merci, Franck ! je vous revaudrai ça.

Puis tournant vers moi un visage condescendant :

— Allez, me dit-il, au bâtiment B, aile 1, chambre 3454, et demandez M. Franck qui vous examinera... Vous aurez naturellement à attendre, mais vous passerez cet après-midi... Il me l'a promis... Je vous en prie... Nous sommes si heureux de vous avoir.

La jeune fille en uniforme noir s'approchait ; il se leva, en signifiant ainsi mon congé.

*

J'eus grand-peine à trouver le bâtiment B; il fallait, pour y arriver, suivre un sentier étroit à travers des terres boueuses et de nouveau le brouillard jaunâtre avait envahi le terrain. Autour de moi errait une cohue de voyageurs affolés.

Le Bâtiment était un gratte-ciel et l'ascenseur automatique me transporta au trente-quatrième

il est pressé	*es eilt*
revaloir	*s. revanchieren, s. erkenntlich zeigen*
condescendant	*herablassend, nachsichtig*
signifier	*bedeuten*
congé *m*	*Entlassung*
boueux [bu'ø]	*schmutzig*
envahir	*erfassen, eindringen in*
cohue *f* [kɔ'y]	*Menge, Gedränge*
affolé	*kopflos, verwirrt*

étage. Devant la chambre 3454 était une queue d'hommes et de femmes. J'y pris ma place avec résignation. Cette fois le supplice se passait en deux temps. Dans les ténèbres extérieures du couloir on était debout. Quand enfin l'on pénétrait dans l'antichambre de Mr. Franck, on y trouvait une vingtaine de fauteuils. Un verre dépoli les séparait de l'inspecteur qui, de temps à autre, criait : « Le suivant ! » Alors le plus proche se levait et tous les autres avançaient d'un cran. La dame qui me précédait était jeune ; elle portait un manteau de castor et essuyait des larmes. Enfin elle fut appelée et ne resta que peu d'instants. Lorsqu'elle sortit, il me sembla qu'elle était moins triste. Derrière le verre dépoli, la voix dit :

— Le suivant.

J'entrai. Derrière une table de bois blanc était assis un homme en manches de chemise, au visage gras, intelligent. Il m'inspira confiance ; spontanément, je plaçai ma valise sur la table et commençai de faire jouer les combinaisons. Mais il sourit :

— Non, dit-il. Je ne m'intéresse pas à vos bagages... Mon rôle est d'apprécier ce que vous emportez comme souvenirs, affections, passions...

— En quoi, lui dis-je, la loi...

queue f	Schlange
ténèbres f/pl.	Finsternis, Dunkel
couloir m	Korridor
être debout	stehen
antichambre f	Vorzimmer
dépoli	matt
castor m	Biber
essuyer	abtrocknen
larmes f/pl.	Tränen
en manches de chemise	in Hemdsärmeln
gras	fett, feist
combinaison f	Schloß
apprécier	schätzen, beurteilen
affection f	(Zu-)Neigung
passion f	Leidenschaft

— Justement, la loi ne vous accorde qu'une quantité déterminée de souvenirs et qui doivent être légers... Quel âge avez-vous ?

— Soixante-cinq ans.

Il consulta un barème et nota un chiffre.

— A votre âge, dit-il, la quantité est réduite. Vous avez droit à une once de sensualité, quelque intérêt pour les arts, une ou deux affections de famille tempérées par un vigoureux égoïsme, et c'est à peu près tout... Veuillez prendre en main cette liste de sentiments interdits et me dire si vous avez quelque chose à déclarer.

— Ambition ardente ? Non, je n'ai aucune ambition... J'ai peut-être jadis souhaité des honneurs ; je les ai obtenus ; j'ai reconnu qu'ils ne donnent aucune joie. C'est fini.

— Très bien, dit-il. Aucun désir de pouvoir ?

— Au contraire, terreur du pouvoir. Je crois que l'homme qui dirige est en fait dirigé, prisonnier de ses services et de son parti ; je n'ai aucun désir d'être responsable d'actions que je n'aurais pas voulues.

— Très bien... Pas d'amour excessif du métier ? Vous êtes, d'après votre fiche, auteur dramatique. Ne croyez-vous pas que vous pourriez et devriez écrire encore une pièce, la meilleure ?

accorder	zubilligen
barème *m*	*Tabelle*
tempéré	*gemildert*
vigoureux	*kräftig, energisch*
déclarer	*verzollen*
ambition *f*	*Ehrgeiz*
ardent	*heftig*
jadis [ʒa'dis]	*früher, einst*
diriger	*führen, leiten*
prisonnier *m*	*Gefangener*
excessif	*übermäßig*
métier *m*	*Beruf*

— Non, je sais malheureusement que je n'en suis plus capable... J'ai essayé l'an dernier ; je croyais encore en moi-même... J'ai produit un monstre... C'est fini.

— Vous en prenez votre parti ?

— Oui, j'ai fait mon œuvre ; elle vaut ce qu'elle vaut ; j'accepte d'être jugé sur elle.

— Très bien... Excellent... L'argent ? La fortune ?

— Je n'y ai jamais tenu et d'ailleurs, il n'y a plus de fortunes.

— Pas de maîtresse ?

— Pas d'autre depuis quinze ans que ma femme Donatienne... Je me suis marié très tard.

— Vous l'aimez ?

— De tout mon cœur.

— Ho ! Ho ! Comme vous y allez ! De tout mon cœur n'est pas une expression admise dans nos services... Voyons... Vous l'aimez physiquement ? Affectueusement ? Intellectuellement ?

— De toutes manières.

— Autant qu'au premier jour ?

— Plus qu'au premier jour.

Le visage de l'inspecteur Franck s'assombrit :

Je suis désolé, dit-il, dans ces conditions je ne puis vous donner le visa.

— Mais je veux partir !

— Vous dites que vous voulez partir, mais qui souhaiterait vraiment quitter un monde où il laisse un être si précieux ?

monstre *m*	*Ungetüm, Mißbildung*
admettre	*zulassen*
s'assombrir	*s. verfinstern*
désolé	*betrübt*
précieux	*wertvoll*

71

— Vous ne me comprenez pas, dis-je avec colère. C'est pour elle que je veux partir. Depuis trois mois je lui suis à charge... Je ne pourrais plus désormais que gâcher sa vie... Il faut que je parte !

Franck secoua la tête :

— Je regrette, dit-il. Jamais nous n'avons donné de visa à des hommes qui conservent une passion aussi forte... Nous les connaissons... Vous leur réservez une place, aux dépens des autres, naturellement ; au dernier moment ils vous lâchent, et la place est perdue pour tout le monde.

Je me vis rejeté dans le brouillard verdâtre, dans la cohue agressive et brouillonne, dans les rues au bruit de ferraille de la ville inconnue ; je me vis errant avec une valise, recru de fatigue, sans gîte, sans espoir, sans forces. J'eus peur et me fis suppliant :

— Je vous en prie, lui dis-je. Donnez-moi une chance. Vous paraissez compréhensif. Vous savez à quel point j'ai besoin, après tant de souffrances, de m'échapper dans un monde nouveau. Je suis las. Donnez-moi le repos. S'il me reste une passion trop vive, permettez-moi de m'en délivrer par l'absence, par le temps, mais ne me rejetez pas aux ténèbres extérieures.

Mr. Franck me regardait avec pitié de ses yeux lourds, que soulignaient des poches gonflées ; de

être à charge à qn	j-m zur Last fallen
désormais	künftig, von jetzt an
gâcher	verpfuschen
aux dépens de qn	auf j-s Kosten
lâcher	loslassen, freilassen
brouillon	streitsüchtig
recru de fatigue	hundemüde
gîte *m*	Bleibe, Nachtquartier
compréhensif	einsichtig
s'échapper	entweichen, s. flüchten
las [lɑ]	müde
se délivrer de	s. befreien von
pitié *f*	Mitleid
poches *f/pl.* gonflées	Tränensäcke

son crayon, il écrasait sa lèvre inférieure avec un étrange mouvement de bas en haut.

— Ce qu'il vous faudrait, dit-il enfin d'un ton docte, c'est un visa de transit pour les limbes.

— Si c'est une solution de mon problème, oui, certainement.

— Ce serait une solution de votre problème, mais elle ne dépend malheureusement pas de moi...

— Et de qui dépend-elle ?

— De la C.C.C... Commission des Comas et Catalepsies.

— Ah ! Seigneur ! Et où la trouve-t-on ?

— Dans un petit bâtiment isolé situé à l'angle sud-ouest du camp.

Il regarda sa montre :

— Mais vous n'avez plus le temps d'y arriver avant la fermeture.

— Alors que faire ?

— Rentrer en ville... Revenir demain.

— Je n'en aurai jamais la force.

— Mais si, dit-il, mais si... Vous croyez tous ça... Et cela dure dix jours, vingt jours... Le suivant !...

*

Ainsi je me retrouvai sur ce terrain triste et marécageux qu'envahissaient à la fois la nuit et le brouillard. De nouveau, je cherchai, presque à tâtons, dans la brumeuse obscurité, parmi les ombres errantes, le portillon de

écraser	*pressen, zusammendrücken*
docte	*gelehrt*
limbes *m/pl.*	*Vorhimmel*
catalepsie *f*	*Katalepsie, Starrsucht*
marécageux	*morastig*
envahir	*erfassen*
à tâtons	*tastend, tappend*

sortie ; de nouveau un tramway ferraillant m'emporta vers une chambre surchauffée, où les lumières oscillantes des enseignes et le roulement des trains m'empêchèrent de dormir. Ce fut une nuit de cauchemars, humide et suffocante. Dès l'aube, je repris ma valise et me traînai vers le terrain. J'espérais, en arrivant à cette heure inhumaine, être l'un des premiers à passer, mais d'autres voyageurs avaient raisonné comme moi, et jamais la queue n'avait été plus longue. Quand enfin, après trois heures, j'arrivai jusqu'au portillon, je dis au gardien d'un ton d'habitué :

— Vous m'avez déjà vu.
— Ligne ?
— Unitarienne.

Il me laissa passer. Je devais maintenant trouver les bureaux de la C.C.C. « Angle sud-ouest du camp », avait dit Franck... Je m'orientai de mon mieux... Le soleil était caché, mais une vague lueur diffuse révélait sa direction probable. Je traversai des plaines spongieuses où poussaient de misérables roseaux, et des petits bois rabougris où rampaient des bêtes visqueuses. Enfin j'aperçus un bâtiment isolé, construit de briques rouges, sur lequel se détachaient en blanc les trois lettres : C.C.C. Le pavillon était petit, médiocre, administratif, comme ceux que les

surchauffé	überhitzt
oscillant	schwingend, oszillierend
empêcher	hindern
cauchemar [koʃ'maːr] m	Alptraum
suffocant	stickig
(l')aube f	Morgendämmerung
se traîner	s. mühsam schleppen
diffus	matt, zerstreut
révéler	enthüllen, zeigen
plaine f	Ebene
spongieux	schwammig
rabougri	verkümmert, verkrüppelt
ramper	kriechen
visqueux	klebrig
briques f/pl.	Backsteine
se détacher	s. abheben
médiocre	mittelmäßig

Ponts et Chaussées construisent dans les ports français. Avec désespoir je vis que, même dans ce coin perdu, un grand nombre de postulants attendaient devant la porte. Beaucoup étaient des enfants ; quelques-uns pleuraient.

Je ne décrirai pas cette nouvelle attente. J'étais si las que je n'avais plus la force de me plaindre ni de souffrir. Lorsque mon tour vint, je me trouvai assis devant une table de l'autre côté de laquelle était une jeune fille en uniforme gris bleu. Elle n'était ni belle, ni jolie ; ses cheveux étaient coiffés sans coquetterie ; mais j'avais remarqué, tandis qu'elle recevait mon prédécesseur, son activité et sa rapidité. Certainement, elle n'appartenait pas à l'espèce des fonctionnaires qui prennent plaisir à accroître les difficultés d'une situation.

— Vous dites que vous avez vu Mr. Franck ?... Vous a-t-il donné une note pour nous ?

— Oui, la voici.

— Bien... Je vois... En somme, vous demandez un visa d'admission temporaire... Combien de temps pensez-vous qu'il vous faille pour... ne disons pas oublier... mais détendre ce lien ? Vingt ans ? Trente ans ?

— Je ne sais pas, dis-je. A mon âge...

postulant *m*	*Bewerber*
coiffer	*kämmen*
prédécesseur [predesɛˈsœːr] *m*	*Vorgänger*
accroître	*vergrößern*
détendre	*losspannen, lösen*
lien *m*	*Band*

— Vous n'avez plus d'âge, dit-elle. Dix ans ?

Elle remplit vivement les blancs d'un imprimé, me le fit signer, puis me conduisit à un vieil homme qui siégeait au milieu de la salle.

— Monsieur le Commissaire, dit-elle, c'est un temporaire pour Mr. Franck... Tout est en règle.

Le vieillard signa sans lire, puis apposa sur la signature un timbre à date.

— Maintenant courez chez Mr. Franck, me dit la jeune fille avec bonté. Il est déjà trois heures et le bureau ferme à quatre.

— Courez ! avait-elle dit, mais je pouvais à peine mouvoir mes jambes douloureuses. Au dehors, je vis que les vapeurs étaient plus épaisses que jamais. Bientôt je perdis le sentier, butai dans une touffe de roseaux et tombai. Je me relevai couvert de boue, grelottant, et si nerveux que je mis plusieurs heures à chercher le Bâtiment B et le trouvai fermé.

— Il faut rentrer en ville et revenir demain, me dit le portier.

Mais j'étais si las que je profitai de l'obscurité et du brouillard pour me glisser derrière le bâtiment, où je passai la nuit dans un fourré, sous une charrette. Je me réveillai frissonnant, perclus de douleurs. Pour la première fois depuis le commencement de ce lamentable voyage à travers les bureaux, le

imprimé *m*	*Formular*
signer	*unterschreiben*
siéger	*seinen Sitz haben*
vieillard *m*	*Alte(r), Greis*
bonté *f*	*Güte, Wohlwollen*
vapeur *f*	*Dampf*
sentier *m*	*Pfad*
buter	*stolpern*
touffe *f*	*Büschel, Busch*
boue *f*	*Schmutz*
grelotter	*vor Kälte zittern*
fourré *m*	*Dickicht*
charrette *f*	*Karren*
frissonner	*frösteln*
perclus	*lahm*

soleil brillait. Il me parut très haut et je regardai ma montre ; il était plus de midi. Sans doute ne m'étais-je assoupi qu'à l'aube et avais-je dormi tard. Je fis en hâte le tour du bâtiment et vis une ligne d'hommes et de femmes d'une telle longueur que des gardiens avaient dû la couper en tronçons.

Attente. Lente avance. Angoisse d'entendre sonner les heures. Une... Deux... Attente devant l'ascenseur... Trois... Quatre... Plus d'espoir. Retour à la ville. Nuit infernale. Course matinale. Attente devant la grille. Attente devant le Bâtiment B. Attente devant l'ascenseur. Lente avance dans le couloir du trente-quatrième étage... 3451... 3452... 3453... 3454... Lente avance de fauteuil en fauteuil. « Le suivant ! » Enfin je pénétrai à nouveau dans le bureau de Mr. Franck.

— Ah ! c'est vous, me dit-il. Avez-vous ce visa ?

— Oui, dis-je en tombant sur la chaise. Oui... Le voici.

Il le regarda d'abord avec bienveillance et satisfaction, puis avec attention et mécontentement :

— Mais pourquoi n'êtes-vous pas venu hier ? demanda-t-il. Ce visa n'est plus valable.

— Comment ? plus valable ? Pourquoi ?

— Les visas de la C.C.C. ne sont valables que vingt-quatre heures. Pourquoi ? Je n'en sais rien, Mon-

s'assoupir	einschlummern
tronçon *m*	Stück
angoisse *f*	(Todes-)Angst
infernal	höllisch
bienveillance *f*	Wohlwollen
mécontentement *m*	Mißvergnügen
valable	gültig

sieur, c'est la règle... Courez vite à leur bureau et demandez-leur de le proroger... Ils le feront tout de suite... Le suivant !

A ces mots, j'entrai en fureur ; je vis passer devant mes yeux les marécages, la boue, les longs trajets, la vaine attente et, sans respect pour la solennité de ce décor, sans crainte des vingt personnes qui, de l'antichambre, m'entendaient, je criai frénétiquement :

— J'en ai assez ! Oui, j'en ai assez d'être renvoyé de bureau en bureau, de fonctionnaire en fonctionnaire, de visa en visa ! j'en ai assez d'être brimé ! j'en ai assez de souffrir ! Assez ! Assez ! Assez !... Si partir est à ce point difficile, alors je ne veux plus partir.

Je tapais du poing sur la table de Mr. Franck ; il parut effrayé et il n'avait pas tort de l'être, car j'étais fou de colère.

— Je ne veux plus partir ! je ne veux plus partir !

Franck appela son secrétaire ; ils me saisirent par les épaules et me poussèrent hors de son bureau. Là, deux gardiens, accourus au bruit, me prirent en charge et m'expulsèrent du bâtiment. Libre, je me mis à courir sur le terrain en criant :

— Je ne veux plus partir !

Autour de moi, d'autres voyageurs s'assemblaient. Quelques-

proroger	verlängern
fureur f	Wut, Raserei
marécage m	Morast
trajet m	Strecke
solennité f	Feierlichkeit, Förmlichkeit
décor m	Hintergrund
frénétique	tobsüchtig, verrückt
brimer	schikanieren, foppen
taper	schlagen
effrayé	erschreckt
avoir tort	unrecht haben
fou	verrückt
prendre en charge	in Gewahrsam nehmen
expulser	entfernen, ausstoßen
s'assembler	s. versammeln

uns essayaient de me raisonner, mais je n'écoutais rien.

— Je ne veux plus partir !

Je m'élançai vers une soudaine éclaircie. Le vent devint plus vif et plus salé. Deux feux percèrent la brume. Quelle côte jalonnaient-ils ? J'entendis le lointain roulement de la mer.

— Je ne veux plus partir !

Les feux se rapprochèrent. Des feux ? Ou des yeux ? C'étaient des yeux, les yeux gris, doux, angoissés, de ma femme, de Donatienne.

— Je ne veux plus partir, lui dis-je d'une voix plus faible.

*

— Docteur ! cria-t-elle ; il a parlé.

— Alors il est sauvé, répondit la voix rocailleuse du Dr Galtier.

Les derniers lambeaux de brouillard s'accrochaient aux rideaux. Les formes familières des meubles se détachaient avec netteté dans la lumière retrouvée. Aux murs, les couleurs vives des tableaux avaient repris leur éclat et tout près de moi, presque dans mes yeux, brillaient les yeux de Donatienne, humides, fiers et tendres, si tendres.

s'élancer	*emporsteigen*
soudain	*plötzlich*
éclaircie *f*	*Lichtung*
percer	*durchdringen*
jalonner	*markieren*
se rapprocher	*heranrücken, näherkommen*
lambeau *m*	*Fetzen*
s'accrocher	*hängenbleiben*
rideau *m*	*Vorhang*
netteté *f*	*Deutlichkeit, Klarheit*
éclat *m*	*Glanz, Pracht*

Le testament

Le Château de Chardeuil ayant été acheté par un industriel que la maladie et la vieillesse contraignaient à chercher une retraite campagnarde, tout le Périgord ne parla bientôt plus que du luxe et du goût avec lesquels cette maison, abandonnée depuis un siècle par les marquis de Chardeuil, avait été restaurée. Les jardins surtout, disait-on, étaient admirables. Un architecte et paysagiste, venu de Paris, avait barré la vallée de la Loue pour créer un lac artificiel, et fait de Chardeuil un second Versailles.

Les beaux jardins sont rares en cette province rustique et pauvre où la plupart des châtelains imitent les Saviniac qui font de leur parc un potager. Les parterres de Chardeuil soulevèrent jusqu'à Brive, jusqu'à Périgueux et même jusqu'à Bordeaux une intense curiosité. Pourtant, lorsque après un an de travaux les nouveaux propriétaires vinrent habiter le pays, les visiteurs furent moins nombreux que l'on aurait pu s'y attendre. Le Périgord n'accueille les nouveaux venus qu'à bon escient et nul ne savait qui était cette Mme Bernin.

Elle semblait avoir à peine trente-cinq ans, alors que son mari en portait au moins soixante-cinq. Elle était assez belle, et, jusque dans cette solitude, changeait de robe trois fois par jour. Cela ne paraissait pas naturel et d'abord les châteaux pensèrent qu'elle était, non la femme de Bernin, mais sa maîtresse. Quand Mme de La Guichardie, souveraine sociale de cette région, et qui, bien qu'elle vécût en province depuis la guerre, connaissait à merveille son Paris, affirma que Mme Bernin était bien Mme Bernin et qu'elle descendait d'une modeste, mais décente famille bourgeoise, les châteaux acceptèrent cette version, car nul, sur un tel sujet, n'eût osé contredire une femme puissante et bien informée. Cependant beaucoup de familles continuèrent à professer en secret une doctrine hérétique et à penser que, si Mme Bernin s'appelait bien Mme Bernin, elle n'était pourtant qu'une maîtresse épousée sur le tard.

Gaston et Valentine Romilly, voisins les plus proches des Bernin puisque, de la colline de Preyssac, on aperçoit les tours de Chardeuil, estimèrent qu'ils avaient moins que personne le droit de se montrer sévères et, puisque les Bernin avaient mis des cartes à Preyssac et que Mme de La Guichardie leur donnait toute licence d'être polis, ils décidèrent de rendre la visite.

solitude *f*	*Zurückgezogenheit, Einöde*
modeste	*bescheiden, schlicht*
décent	*anständig, ehrbar*
puissant	*mächtig*
professer	*bekennen*
hérétique [ere'tik]	*ketzerisch*
sur le tard	*erst später*
estimer	*der Ansicht sein*
sévère	*streng, unnachsichtig*

81

Ils furent d'autant mieux reçus qu'ils étaient parmi les premiers visiteurs. Non seulement les nouveaux châtelains les retinrent jusqu'à l'heure du thé, mais ils offrirent aux Romilly de leur faire visiter la maison, les jardins, les communs. Gaston et Valentine Romilly sentirent que ces deux êtres commençaient à souffrir de posséder tant de perfection sans pouvoir la communiquer.

Bernin gardait, de sa royauté de chef d'usine, un ton assez autoritaire et l'habitude d'affirmer de façon tranchante ses opinions sur les sujets les moins connus de lui, mais il semblait brave homme. Valentine fut touchée par la tendresse qu'il montrait pour sa femme, petite blonde, grasse, douce et gaie. Mais Mme Romilly fut choquée quand, pendant la visite du premier étage, ayant loué la surprenante transformation en un temps si court de cette maison, admiré les salles de bains qui s'étaient nichées dans l'épaisseur des vieux murs et les ascenseurs logés dans les tourelles, elle s'entendit répondre par Mme Bernin :

— Oui, Adolphe a tenu à ce que tout fût parfait... Pour le moment, bien sûr, Chardeuil n'est pour nous qu'une maison de campagne, mais Adolphe sait que c'est ici que je compte vivre après sa mort, le plus tard possible, bien entendu,

royauté *f*	*Einfluß*
usine *f*	*Fabrik*
tranchant	*nachdrücklich, scharf*
gras	*wohlgenährt*
louer	*verleihen*
être niché	*untergebracht sein*
logé	*untergebracht*
tourelle *f*	*Türmchen*
tenir à	*Wert legen auf*

et il veut que j'y sois aussi confortable que dans une maison de ville... Vous savez peut-être qu'il a, d'un premier mariage, plusieurs enfants ?... Aussi a-t-il pris ses précautions ; Chardeuil a été mis à mon nom et m'appartient entièrement.

Dans un pré voisin de la maison, les bâtiments d'une ancienne ferme avaient été transformés en écuries. Gaston admira la beauté des chevaux, la tenue parfaite des harnais, les palefreniers impeccables.

— Les chevaux sont mon plus grand plaisir, dit Mme Bernin avec animation. Papa, qui avait fait son service dans les cuirassiers, mettait ses enfants en selle dès le berceau.

Elle flatta de la main une croupe brillante, puis soupira :

— Evidemment, dit-elle, ce sera une grande dépense que d'entretenir cette cavalerie... Mais Adolphe y a pensé ; dans le testament, il est prévu qu'une fondation spéciale s'occupera, dans le parc de Chardeuil, de l'amélioration de la race chevaline... Ce sera tout à fait hors part, n'est-ce pas, Adolphe ? Et de cette manière, vous comprenez, j'échapperai, sur ce chapitre, aux impôts.

Les jardins n'étaient pas encore achevés, mais déjà l'on pouvait deviner le dessin général des par-

prendre ses précautions	Vorsichtsmaßregeln treffen
pré *m*	Wiese, Anger
ferme *f*	Bauernhof
écurie *f*	Stall
tenue *f*	Haltung, Pflege
harnais [ar'nɛ] *m*	Sattel- und Zaumzeug
palefrenier *m*	Stallknecht
impeccable	einwandfrei
selle *f*	Sattel
berceau *m*	Wiege
flatter	streicheln
croupe *f*	Kruppe
prévoir	voraussehen, vorsehen
amélioration *f*	Veredelung
chevalin	Pferde...
échapper à	entgehen
impôts *m/pl.*	Steuern
achever	be-, vollenden

terres. De belles statues marquaient les points vers lesquels l'architecte souhaitait diriger les regards. Au milieu d'un long bassin rectangulaire, sur une île artificielle en ciment armé, des ouvriers dressaient des colonnes romantiques. Les promeneurs suivirent une longue allée de châtaigniers. Elle débouchait sur un groupe de maisonnettes, bâties dans le style des fermes périgourdines et couvertes de vieilles tuiles.

— Je ne connaissais pas ce village, dit Valentine.

— Ce n'est pas un village, dit Mme Bernin en riant, ce sont les communs. C'est Adolphe qui a eu l'idée de les bâtir ainsi, par maisons séparées... Et vous allez voir comme c'est ingénieux, à mon point de vue, pour l'avenir : nous avons quelques couples de domestiques dévoués que je tiens à garder, même quand je serai seule... Eh bien, Adolphe léguera à chacun d'eux la maison qu'il occupe, avec une clause annulant ce legs s'il quitte mon service... De cette façon, non seulement ils sont liés à moi, mais ils se trouvent en partie payés sans que j'aie un sou à débourser... C'est une merveilleuse garantie pour moi... Et c'est hors part, naturellement... Ses enfants ne peuvent rien dire.

rectangulaire *rechteckig*
ciment *m* armé *Eisenbeton*

châtaignier *m* *Kastanienbaum*
déboucher *münden*

tuile *f* *Dachziegel*

domestique *m* *Bediensteter*
dévoué *ergeben, zugetan*

léguer à qn *auf j-n vererben*
annuler *ungültig erklären*
legs [lɛ *od.* lɛg] *m* *Vermächtnis*

débourser *ausgeben*

— Croyez-vous, Madame ? Est-ce légal ? demanda Gaston Romilly ?

— Ah ! Monsieur, vous ne connaissez pas Adolphe... Il a cherché une rédaction convenable, avec son homme d'affaires, pendant des heures. Vous ne pouvez pas imaginer combien il est plein d'attentions, avec son air d'ours... N'est-ce pas Adolphe ?

Elle passa son bras sous celui du vieillard, qui grogna tendrement. Cette promenade fut longue, car on ne fit grâce aux visiteurs ni de la ferme, ni de la laiterie modèle, ni du poulailler aux espèces rares où des centaines de poules merveilleusement blanches gloussaient. Quand enfin les Romilly se retrouvèrent seuls dans leur voiture, Valentine parla :

— Eh bien ? demanda-t-elle. Que dis-tu de ces gens-là ?

— Bernin me plaît, dit Gaston, il est bourru, trop content de lui, mais je le crois authentiquement bon... Elle est assez bizarre.

— Bizarre ? dit Valentine... Je la trouve effrayante... Le testament par ci... Le testament par là... « Quand je serai seule. Le plus tard possible »... Cette conversation tenue devant un malheureux sur tout ce qui se passera au moment de sa mort !... Vraiment c'était pénible... je ne savais que dire.

rédaction *f*	*Anfertigung, Fassung*
convenable	*passend*
ours [urs] *m*	*Bär*
grogner	*knurren*
tendre	*zärtlich*
faire grâce à	*begnadigen (de erlassen)*
poulailler [pula'je] *m*	*Hühnerstall*
glousser	*gackern*
bourru	*schroff*
effrayant [ɛfrɛ'jɑ̃]	*erschreckend*
pénible	*peinlich*

Ils restèrent assez longtemps silencieux tandis que la voiture longeait les prés brumeux et les peupliers de la vallée. Gaston, qui conduisait, surveillait la route encombrée d'enfants sortant des écoles. Enfin il dit :

— Tout de même... C'est assez raisonnable, cet ensemble de précautions qu'il a prises pour que sa femme fût parfaitement tranquille après sa mort... En l'écoutant, je pensais à nous... J'ai eu tort de ne pas faire de testament ; je vais m'en occuper.

— Quelle idée, chéri !... Elle me fait horreur !... D'abord c'est moi qui mourrai la première.

— Pourquoi ? Tu n'en sais rien. Tu es plus jeune que moi. Tu n'as aucune maladie... Moi, au contraire...

— Tais-toi... Tu es un malade imaginaire... Tu te portes à merveille et d'ailleurs, si tu mourais, je ne voudrais pas te survivre... Que serait ma vie sans toi ? Je me tuerais.

— Comment peux-tu dire de telles folies, Valentine ? C'est absurde. Tu sais très bien que l'on ne meurt pas d'un deuil, si douloureux soit-il... Et puis tu n'as pas que moi au monde ; il y a Colette, son mari... Il y a tes petits-enfants.

— Colette a fait sa vie... Elle n'a plus besoin de nous...

— Justement... C'est une raison

---

longer — *entlangfahren*
brumeux — *nebelig*
peuplier *m* — *Pappel*
encombrer — *überfüllen, versperren*

avoir tort — *unrecht haben*

folie *f* — *Unsinn*

deuil [dœj] *m* — *Leid*

pour que je prenne, moi, des précautions en ta faveur.

De nouveau ils se turent parce que la voiture traversait un banc de brume plus épais, puis Valentine reprit, à voix très basse :

— Il est certain que, si le malheur voulait que je te survive de quelques mois, je serais plus tranquille si j'avais... oh ! pas un testament... cela me paraîtrait de mauvais augure... non... Un simple papier spécifiant que Preyssac et ses terres devront, en tout cas, rester en ma possession jusqu'à ma mort. Notre gendre est très gentil, mais c'est un Saviniac... Il tient de son père... Il aime la terre... Il serait très capable de vouloir arrondir les siennes à mes dépens et de m'envoyer vivre dans une petite maison, n'importe où... Cela me serait douloureux...

— Il ne faut pas que cela soit possible, dit Gaston, un peu sombre... Je suis tout prêt à signer tous les papiers que tu voudras et même à te laisser Preyssac par testament... Seulement est-ce légal ? Je veux dire : est-ce que la valeur de Preyssac n'est pas plus grande que celle de ta part ?

— Un peu, mais c'est facile à régler, dit Valentine... quand tu voudras.

— Comment ? dit-il. Tu as déjà posé la question à Maître Passaga ?

— Oh ! par hasard, dit Valentine.

augure *m*	*Vorzeichen*
gendre *m*	*Schwiegersohn*
arrondir	*aufrunden, erweitern*
par hasard	*zufällig*

La foire de Neuilly

— Bonnivet avait cinq ou six ans de plus que moi, dit Maufras, et sa carrière avait été si brillante, si rapide, que je l'avais toujours considéré plutôt comme un patron que comme un ami. Je lui devais beaucoup de reconnaissance. C'était lui qui m'avait appelé à son cabinet au moment où il était devenu Ministre des Travaux Publics, lui encore qui, lorsque le ministère était tombé, m'avait admirablement « casé » dans l'administration préfectorale.

« Quand il revint au pouvoir, il prit les Colonies ; j'avais alors à Paris un poste agréable et lui demandai de m'y laisser. Nos relations demeuraient affectueuses et nos deux ménages prenaient souvent leurs repas ensemble, chez l'un ou chez l'autre. Nelly Bonnivet était une femme de quarante ans environ, encore jolie, adorée par son mari et parfaite épouse de ministre. J'étais marié depuis dix ans et vous savez combien Madeleine et moi avons toujours été heureux.

« Au début de juin, les Bonnivet nous invitèrent à dîner dans un des restaurants du Bois. Nous étions six ; la soirée fut gaie ; vers

foire *f*	Jahrmarkt
reconnaissance *f*	Dankbarkeit, Anerkennung
caser	unterbringen
affectueux	liebevoll
ménage *m*	Haushalt, Familie
adorer	anbeten

minuit, nous n'avions nulle envie de nous séparer. Bonnivet, qui était d'humeur exquise, proposa d'aller à la Foire de Neuilly. Il aime, quand il est au pouvoir, à jouer au sultan Haroun-al-Raschid et à entendre, sur son passage, la foule murmurer : « Tiens, c'est Bonnivet. »

« Trois couples mûrissants qui essaient en vain de trouver à des jeux puérils la saveur de l'enfance, donnent un spectacle assez mélancolique. Nous gagnâmes, en diverses loteries, des macarons, des bateaux de verre filé et des animaux de pain d'épice ; les trois hommes abattirent des pipes tournantes et des coquilles d'œuf que soulevait un jet d'eau languissant. Puis nous arrivâmes devant un chemin de fer circulaire que recouvrait, après un ou deux tours à ciel ouvert, une bâche formant tunnel. Nelly Bonnivet proposa d'y monter ; Madeleine ne semblait pas trouver le jeu bien drôle ni les coussins très propres, mais elle ne voulut pas troubler la fête et nous prîmes des tickets. Dans le tumulte du départ, notre groupe fut coupé en deux tronçons. Je me trouvai seul dans un compartiment avec Nelly Bonnivet.

« Ce petit train tournait fort vite et les courbes en avaient été dessinées de façon à projeter les uns sur les autres les occupants des

exquis	*ausgezeichnet*
mûrissant	*reif*
puéril [pye'ril]	*kindisch*
saveur *f*	*Geschmack, Reiz*
macaron *m*	*Makrone*
verre *m* filé	*gesponnenes Glas*
pain *m* d'épice	*Lebkuchen*
abattre	*niederwerfen*
jet *m* d'eau	*Wasserstrahl*
languissant	*matt, schwach*
bâche *f*	*Plane, Markise*
coussin *m*	*Kissen*
tronçon *m*	*Abschnitt, Teil*
compartiment *m*	*Abteil*
courbe *f*	*Kurve*

voitures. Mme Bonnivet, au premier tournant, faillit tomber dans mes bras. A ce moment la bâche nous plongea dans l'obscurité et je serais tout à fait incapable de vous expliquer ce qui se passa pendant les quelques secondes qui suivirent. Nos corps agissent quelquefois sans contrôle de la conscience. Toujours est-il que je sentis Nelly à demi étendue sur mes genoux et que je la caressai comme un soldat de vingt ans caresse la fille qu'il a emmenée à la foire du village. Je cherchai ses lèvres, toujours sans savoir ce que je faisais et au moment où, sans rencontrer de résistance je les atteignais, la lumière revint. D'un commun accord nous nous écartâmes l'un de l'autre avec une extrême brusquerie et nous nous regardâmes, éblouis, stupéfaits.

« Je me souviens d'avoir essayé alors de comprendre ce qu'exprimait le visage de Nelly Bonnivet. Elle remettait ses cheveux en ordre, me regardait gravement et ne disait pas un mot. Ce moment de gêne fut très bref. Déjà le train freinait et un instant plus tard nous retrouvions, sur la plate-forme circulaire, Bonnivet, Madeleine et les deux autres.

« — Ceci est vraiment un peu trop jeune pour nous, dit Bonnivet avec ennui ; je crois qu'il est temps d'aller se coucher.

---

faillir faire plonger — beinahe tun tauchen

caresser — liebkosen

atteindre — treffen, erreichen
écarter — auseinanderstreben

ébloui [eblu'i] — geblendet
stupéfait — bestürzt, verblüfft

gêne f — Verlegenheit
freiner — bremsen

ennui m — Langeweile

« Madeleine l'appuya et nous regagnâmes la porte Maillot où le groupe se disloqua. En baisant la main de Nelly, je cherchai ses yeux ; elle parlait gaiement avec Madeleine et partit sans un signe.

« Je ne pus dormir. Cette aventure inattendue troublait l'équilibre, si parfaitement stable, de ma vie. Je n'avais jamais été un coureur de femmes et moins que jamais depuis mon mariage. J'aimais Madeleine de tout mon cœur et il existait entre nous une confiance tendre et sans réserve. Pour Bonnivet j'avais de l'affection et une sincère gratitude. Le diable était que malgré tout, je brûlais d'envie de revoir Nelly et de savoir ce que signifiait son regard après l'abandon. Surprise ? Rancune ? Vous savez quelle fatuité se cache au cœur des hommes les plus modestes. J'imaginais une longue passion silencieuse se déclarant soudain à la faveur d'un hasard. Près de moi dans son lit jumeau du mien, Madeleine respirait doucement.

« Le lendemain matin, je fus très occupé et n'eus guère le loisir de penser à ce surprenant épisode. Le jour suivant, je fus appelé au téléphone :

« — On vous demande du Ministère des Colonies, dit une voix... Restez à l'appareil, le Ministre veut vous parler... Ne quittez pas.

appuyer	unterhaken
se disloquer	auseinandergehen
stable	stabil, beständig
coureur *m* de femmes	Schürzenjäger
sans réserve	rückhaltlos
gratitude *f*	Dankbarkeit
envie *f*	Verlangen
rancune *f*	Groll, Rachsucht
fatuité [fatɥi'te] *f*	Überheblichkeit, Selbstgefälligkeit
loisir *m*	Muße, Zeit

« Un frisson traversa mes reins. Jamais Bonnivet ne téléphonait lui-même. Invitations et réponses étaient transmises par nos deux femmes. Il ne pouvait s'agir que de cette stupide aventure.

« — Allô ! dit soudain la voix de Bonnivet... Ah ! c'est vous, Maufras ?... Pourriez-vous venir jusqu'à mon bureau ?... Oui, c'est urgent... Je vous expliquerai de vive voix... Alors à tout de suite ! Merci.

« Je raccrochai... Donc Nelly appartenait à cette espèce odieuse des femmes qui tentent les hommes (car c'était elle, je l'aurais juré, qui, ce soir-là était tombée sur moi volontairement) et vont ensuite se plaindre à leur mari : « Tu sais, tu as tort d'avoir confiance en Bernard... Il n'est pas l'ami que tu crois... » Détestable race !

« Tout en cherchant un taxi pour me rendre chez Bonnivet, je me demandai ce qui allait arriver. Un duel ? Je l'aurais souhaité, au moins était-ce une solution simple, mais depuis la guerre on ne se battait plus. Non, Bonnivet allait sans doute m'accabler de reproches et me signifier que nos relations étaient terminées. C'était la fin d'une amitié précieuse et sans doute aussi la fin de ma carrière, car Bonnivet était puissant. Tout le monde disait qu'il serait bien-

frisson *m*	*Schauder*
reins [rɛ̃] *m/pl.*	*Kreuz*
aventure *f*	*Abenteuer, Erlebnis*
raccrocher	*auflegen (Hörer)*
odieux	*gehässig*
tenter	*versuchen*
détestable	*abscheulich*
accabler de	*überhäufen mit*
reproche *m*	*Vorwurf*

tôt Président du conseil. Et qu'allais-je dire à Madeleine pour lui expliquer cette incompréhensible rupture ?

« Ces pensées et d'autres, plus sinistres, se pressaient en moi tandis que je roulais vers le ministère. J'en arrivais à comprendre que le suicide fût considéré comme une évasion par tous les malheureux qui se sont placés dans une situation trop difficile pour leur courage.

« J'attendis quelque temps dans une antichambre peuplée de solliciteurs et d'huissiers. Mon cœur battait irrégulièrement. Je regardais une fresque qui représentait des Annamites au temps de la récolte. Enfin l'huissier appela mon nom et je me levai. La porte du bureau de Bonnivet était devant moi. Fallait-il le laisser parler ? Ou au contraire prévenir la scène par une confession totale ?

« Ce fut lui qui se leva et me serra les mains. Je fus frappé par la bienveillance de son accueil. Peut-être avait-il eu l'intelligence de comprendre ce que l'incident avait eu de fortuit et d'involontaire ?

« — Avant tout, dit-il, je m'excuse de vous avoir ainsi convoqué d'urgence, mais vous allez voir qu'il fallait prendre une décision immédiate. Voici... Vous savez que nous devons, Nelly et moi, faire

incompréhensible	unbegreiflich
rupture f	Bruch
suicide [sɥi'sid] m	Selbstmord
évasion f	Entweichen
solliciteur m	Bittsteller, Bewerber
huissier [ɥi'sje] m	Türhüter
récolte f	Ernte
prévenir	zuvorkommen
bienveillance f	Wohlwollen
fortuit	zufällig
convoquer	vorladen, rufen
urgence f	Dringlichkeit

le mois prochain un grand voyage en Afrique occidentale... Voyage d'inspection pour moi ; voyage de tourisme et de découverte pour elle... J'ai décidé d'emmener non seulement des fonctionnaires du ministère, mais aussi quelques journalistes, car il est nécessaire que les Français apprennent à connaître leur Empire... Je n'avais pas pensé, jusqu'ici, à vous parler de ce projet parce que vous n'êtes ni un colonial, ni un journaliste, et que d'autre part vous avez votre poste, mais Nelly m'a fait remarquer hier soir que notre voyage coïncide, à une semaine près, avec vos vacances, que vous serez pour elle, votre femme et vous, des compagnons plus intimes et plus agréables que notre cortège d'officiels et que peut-être cette occasion de voir l'Afrique dans des conditions assez rares vous tenterait... Donc, si vous acceptez, votre ménage fera partie de la croisière... Seulement j'ai besoin de le savoir tout de suite, car mes bureaux achèvent en ce moment les listes et les programmes.

« Je le remerciai et lui demandai quelques heures pour consulter ma femme. J'avais d'abord été tenté. Dès que je fus seul, je me représentai ce qu'aurait de gênant, et d'odieux, une intrigue vaguement amoureuse menée sous les yeux vigilants de Madeleine et alors

découverte f	Entdeckung
coïncider	zeitlich zusammenfallen
cortège m	Gefolge
croisière f	ausgedehnte Reise
achever	beenden
vigilant	wachsam

que je serais l'hôte de Bonnivet. Nelly était belle mais je la jugeai sévèrement. Pendant le déjeuner, je racontai l'offre à Madeleine, sans dire, naturellement, ce qui l'avait provoquée et cherchai avec elle les moyens de refuser sans impolitesse. Elle imagina sans difficulté quelques engagements antérieurs et nous n'allâmes pas en Afrique.

« Je sais que Nelly Bonnivet parle de moi, depuis ce temps-là, non seulement avec ironie, mais avec un peu d'hostilité. Notre ami Lambert-Leclerc a l'autre jour cité devant elle mon nom comme celui d'un candidat possible à la Préfecture de la Seine. Elle a fait la moue. « Maufras ! a-t-elle dit, quelle idée ! Il est très gentil, mais il n'a aucune énergie. C'est un homme qui ne sait pas ce qu'il veut. »

« Bonnivet a répondu : « Nelly a raison », et je n'ai pas été nommé. »

hôte *m*	*Gast*
refuser	*absagen*
impolitesse *f*	*Unhöflichkeit*
engagement *m* antérieur	*Versprechen früher*
hostilité *f*	*Feindseligkeit*
faire la moue	*ein Gesicht machen*

Irène

— Je suis contente de sortir avec vous ce soir, dit-elle. La semaine a été dure. Tant de travail et tant de déceptions... Mais vous êtes là, je n'y pense plus... Ecoutez... Nous allons voir un merveilleux film...

— Ne croyez pas, dit-il d'un air boudeur, que vous me traînerez ce soir au cinéma.

— C'est dommage, dit-elle... Je me réjouissais de voir ce film avec vous... Mais cela ne fait rien... Je connais à Montparnasse, une boîte nouvelle où dansent de merveilleux Martiniquais...

— Ah ! non, dit-il avec force... Pas de musique noire, Irène... J'en suis saturé.

— Et que voulez-vous faire ? dit-elle.

— Vous le savez bien, dit-il... Dîner dans un petit restaurant tranquille, parler, rentrer chez vous, m'étendre sur un divan et rêver...

— Eh bien ! non ! dit-elle à son tour... Non !... Vous êtes vraiment trop égoïste, mon cher... Vous semblez tout surpris ?... C'est que personne ne vous dit jamais la vérité... Personne... Vous avez pris l'habitude de voir les femmes accepter

déception *f*	*Enttäuschung*
boudeur	*verdrießlich*
traîner	*schleppen*
c'est dommage	*das ist schade*
se réjouir	*s. freuen*
saturer	*(über)sättigen*
s'étendre	*s. ausstrecken*

vos désirs comme des lois... Vous êtes une sorte de sultan moderne... Votre harem est ouvert... Il s'étend sur dix pays... Mais c'est un harem... Les femmes sont vos esclaves... Et la vôtre plus que toutes les autres... Si vous avez envie de rêver, elles doivent vous regarder rêver. Si vous avez envie de danser, elles doivent s'agiter. Si vous avez écrit quatre lignes, elles doivent les écouter. Si vous avez envie d'être amusé, elles doivent se changer en Schéhérazade... Encore une fois, non, mon cher !... Il y aura au moins une femme au monde qui ne se pliera pas à vos caprices...

s'agiter	*s. bewegen, zappeln*
se plier	*s. fügen, s. anpassen*

Elle s'arrêta et reprit, d'un ton plus doux :

— Quelle tristesse, Bernard !... Je me réjouissais tant de vous voir... Je pensais que vous m'aideriez à oublier mes ennuis... Et vous arrivez, ne pensant qu'à vous... Allez-vous-en... Vous reviendrez quand vous aurez appris à tenir compte de l'existence des autres...

ennui [ã'nɥi] m	*Ärger*

*

Toute la nuit, étendu sans dormir, Bernard médita tristement. Irène avait raison. Il était odieux. Non seulement il trompait et abandonnait Alice, qui était douce, fidèle et résignée, mais il la trompait sans amour. Pourquoi était-il ainsi fait ? Pourquoi ce besoin de

odieux	*widerwärtig*
tromper	*betrügen*

conquête et de domination ? Pourquoi cette impuissance à « tenir compte de l'existence des autres » ? Méditant sur son passé, il revit une jeunesse difficile, des femmes inaccessibles. Il y avait de la revanche dans son égoïsme, de la timidité dans son cynisme. Ce n'était pas un sentiment très noble.

« Noble ? pensa-t-il... Je tombe dans les platitudes. » Il fallait être dur. En amour, qui ne dévore pas est dévoré. Tout de même, ce devait être une délivrance parfois que de céder, d'être enfin le plus faible, de chercher son bonheur dans celui d'une autre.

Isolées, séparées par des silences de plus en plus longs, les dernières voitures regagnaient les garages... Chercher son bonheur dans celui d'une autre ? Ne le pouvait-il pas ? Qui l'avait condamné à la cruauté ? Tout homme n'a-t-il pas le droit, à chaque moment, de recommencer sa vie ? Et pouvait-il, pour ce rôle nouveau, trouver meilleur partenaire qu'Irène ? Irène si touchante, avec son unique robe du soir, ses bas reprisés, son manteau râpé. Irène si belle et si pauvre. Si généreuse dans sa pauvreté. Dix fois il l'avait surprise secourant des étudiants russes, plus pauvres qu'elle, et qui, sans elle, seraient morts de faim. Elle travaillait six jours par semaine dans un magasin, elle qui, avant

conquête *f*	Eroberung
domination *f*	Herrschaft
impuissance *f*	Unvermögen
passé *m*	Vergangenheit
inaccessible [inaksɛ'siblə]	unzugänglich
timidité *f*	Schüchternheit
platitude *f*	Plattheit
dévorer	verschlingen
délivrance *f*	Befreiung, Erlösung
céder	nachgeben
cruauté *f*	Grausamkeit
partenaire *m*	Partner
reprisé	ausgebessert, gestopft
râpé	abgetragen
secourir	helfen

la Révolution, avait été élevée en fille princière. Elle n'en parlait jamais... Irène... Comment avait-il pu lui marchander les plaisirs naïfs d'un soir de liberté ?

Bruyant, faisant trembler les vitres, le dernier autobus passa. Maintenant aucun bruit ne couperait plus le trait continu de la nuit. Las de lui-même, Bernard chercha le sommeil. Soudain une grande paix le baigna. Il avait pris une résolution. Il se consacrerait au bonheur d'Irène. Il serait pour elle un ami tendre, prévenant, soumis. Oui, soumis. Cette décision le calma si bien qu'il s'endormit presque tout de suite.

★

Le lendemain matin, quand il se réveilla, il était encore tout heureux. Il se leva et s'habilla en chantant, ce qui ne lui était pas arrivé depuis son adolescence. « Ce soir, pensa-t-il, j'irai voir Irène, lui demander mon pardon. »

Comme il nouait sa cravate, le téléphone sonna.

— Allô ! dit la voix chantante d'Irène... C'est vous, Bernard ?... Ecoutez... Je n'ai pas pu dormir. J'étais pleine de remords... Comme je vous ai traité, hier soir... Il faut me pardonner... Je ne sais ce que j'avais...

— Au contraire, c'est moi, dit-il... Irène, toute la nuit, je me suis juré de changer.

marchander	*feilschen um*
bruyant [brɥi'jɑ̃]	*lärmend*
las	*müde, überdrüssig*
prévenant	*zuvorkommend, freundlich*
soumis	*fügsam*
adolescence *f*	*Jugend*
nouer	*binden*
remords *m*	*Gewissensbiß*

— Quelle folie, dit-elle, surtout ne changez pas... Ah ! Non ! Ce qu'on aime en vous, Bernard, c'est justement ces caprices, ces exigences, ce caractère d'enfant gâté... C'est si agréable, un homme qui vous oblige à faire des sacrifices... Je voulais vous dire que je suis libre ce soir et que je ne vous imposerai aucun programme... Disposez de moi...

Bernard, en raccrochant le récepteur, secoua la tête avec tristesse.

exigence *f*	*Anspruch, Forderung*
gâté	*verwöhnt*
obliger à	*zwingen zu*
sacrifice *m*	*Opfer*
imposer	*aufzwingen*
disposer de	*verfügen über*
raccrocher	*auflegen*
récepteur *m*	*Hörer*

Après dix ans

— Savez-vous, Bertrand, qui m'a téléphoné ce matin ?

— Comment le saurai-je ?

— Un instinct aurait dû vous avertir... C'est une femme que vous avez beaucoup aimée.

— Y a-t-il au monde, hors vous-même, une femme que j'ai beaucoup aimée ?

— Que vous êtes ingrat, Bertrand !... Et Béatrice ?

— Quelle Béatrice ?

— Quelle Béatrice ?... Vous jouez merveilleusement la comédie... Ne vous souvenez-vous plus de Béatrice de Saulges ?

— Ah ! Cette Béatrice !... Je la croyais en Chine, au Japon, Dieu sait où... Ne fait-elle pas le tour du monde ?

— Elle l'a fait... Elle est arrivée hier soir au Havre.

— Et pourquoi diable vous a-t-elle appelée dès ce matin ?

— Pour reprendre contact... Après une longue absence, elle veut revoir ses amis ; c'est naturel.

— Je ne savais pas que nous fussions ses amis.

— Bertrand !... Quand je pense que j'ai failli vous quitter à cause de cette femme... Mais oui !... Je

instinct m	Instinkt, Ahnung
avertir	warnen
hors	außer
ingrat	undankbar
se souvenir	s. erinnern
tour m du monde	Reise um die Welt
diable !	zum Teufel
absence f	Abwesenheit
faillir faire qch.	beinahe etw. tun

me disais : « S'il ne tient plus à moi, s'il a besoin d'une autre, pourquoi m'accrocher ? Nous n'avons pas d'enfants... Je suppose que mon devoir serait de m'effacer... » J'ai même été voir mon ami Lancret pour lui demander comment on peut divorcer sans bruit, sans éclat... Lancret a écouté le récit de mes malheurs et m'a conseillé la patience... Et puis le sacrifice m'a semblé trop dur... Je suis restée.

— Heureusement.

— Oui, heureusement... Mais qui pouvait prévoir, chéri, que votre guérison serait si rapide ?... Avez-vous oublié qu'il y a dix ans vous ne pouviez vivre une heure loin de Béatrice, que vous guettiez chaque jour son coup de téléphone, que sur un mot d'elle vous abandonniez les rendez-vous les plus importants, vous manquiez aux promesses les plus solennelles ?... Ah ! cette sonnerie matinale... Moi, je l'entends encore... Elle me donnait chaque fois des battements de cœur... Et Amélie qui, si vous étiez alors dans ma chambre, trouvait un ton coupable, complice et maladroit pour vous dire : « *On* demande Monsieur... » Sur quoi vous preniez à votre tour un air gêné, naïvement fier... C'était affreux.

— Cela devait surtout être bien ridicule...

il ne tient plus à moi	*ihm liegt nichts mehr an mir*
s'accrocher	*s. anklammern*
supposer	*voraussetzen*
s'effacer	*s. zurückziehen*
divorcer	*s. scheiden lassen*
éclat *m*	*Aufsehen, Skandal*
récit *m*	*Bericht*
patience *f*	*Geduld*
sacrifice *m*	*Opfer*
prévoir	*voraussehen*
guérison *f*	*Heilung*
guetter qch.	*auf etw. lauern*
abandonner	*verzichten auf*
manquer à qch.	*etw. nicht halten, versäumen*
promesse *f*	*Versprechen*
solennel	*feierlich*
sonnerie *f*	*Klingeln*
matinal	*morgendlich*
battement *m* de cœur	*Herzklopfen*
coupable	*schuldig*
maladroit	*unbeholfen*
gêné	*verlegen*
fier [fjɛ:r]	*stolz*
affreux	*scheußlich*
ridicule	*komisch, lächerlich*

— Sans doute... Mais j'étais trop malheureuse pour apercevoir les côtés comiques de la situation... Souvenez-vous, Bertrand... Vous ne vous intéressiez plus à rien au monde qu'à Béatrice... Si son nom surgissait dans une conversation, votre visage aussitôt se transformait... C'était à la fois touchant et douloureux à observer... Vous aimiez les êtres quand ils la connaissaient et les choses parce qu'elle les aimait... Vous, le plus raisonnable et le moins superstitieux des hommes, je vous ai vu soudain curieux de fakirs, de pythonisses, de thaumaturges... Vous couriez avec elle des officines étranges... Vous qui m'aviez toujours interdit les animaux, vous passiez des heures à choisir, pour le lui donner, un chat persan dont elle avait envie... D'ailleurs, c'est bien simple ; vous étiez à ses ordres... Elle pouvait vous appeler comme un chien.

— Vous exagérez.

— Je n'exagère pas... Vous changiez de projets trois fois en un jour parce qu'elle-même était capricieuse... Nos vacances étaient suspendues à ses désirs... Vous m'avez un été traînée jusqu'au cap Nord, moi qui crains le froid plus que la mort, parce que Béatrice était partie pour la Norvège sur le bateau des James et que vous espériez, au hasard d'une

surgir	*auftauchen*
conversation *f*	*Unterhaltung*
touchant	*rührend*
douloureux	*schmerzlich*
observer	*beobachten*
raisonnable	*vernünftig*
superstitieux [sypɛrstis'jø]	*abergläubisch*
pythonisse *f*	*Wahrsagerin*
thaumaturge	*Wundertäter*
officine *f*	*Laboratorium, Werk-, Geburtsstätte*
étrange	*seltsam*
choisir	*auswählen*
être aux ordres de qn	*j-m hörig sein*
exagérer [ɛgzaʒe're]	*übertreiben*
capricieux	*launenhaft*
suspendre	*abhängen*
traîner	*mit-, nachschleppen*

103

escale, l'entrevoir dans un port... Ai-je assez pleuré pendant ce voyage... J'étais gelée, malade, désespérée... Vous ne vous êtes même pas aperçu... A quoi pensez-vous ?

— J'essaie de retrouver mes sentiments de ce temps-là... C'est tout de même vrai que j'étais alors fou de cette femme... On se demande vraiment pourquoi ?

— Ne soyez pas mufle, Bertrand ; elle était charmante... Elle l'est encore.

— Mille femmes à Paris sont plus belles.

— Peut-être... Mais elle avait une grâce sérieuse, presque enfantine, qui n'était qu'à elle... Elle avait beaucoup d'esprit.

— Croyez-vous ?

— C'était vous qui me l'affirmiez, Bertrand.

— Etais-je bon juge ?... Quand je la revois maintenant, je ne sais que lui dire... Il me semble qu'elle vit sur dix clichés qu'elle tient de moi et sur quelques histoires qu'elle tient de Salviati... C'est irritant.

— Vous rappelez-vous, Bertrand, le jour où Gaudin l'a opérée ? Vous étiez pâle d'angoisse... Vous me faisiez pitié... J'ai essayé, ce matin-là, d'être sublime ; j'ai téléphoné moi-même trois fois rue Piccini pour demander des nouvelles... Elles étaient bonnes et je

escale f	Zwischenlandung
entrevoir	flüchtig sehen
être gelé	durchgefroren sein
désespéré	enttäuscht
mufle	flegelhaft
grâce f	Anmut, Grazie
sérieux	ernsthaft
enfantin	kindlich
esprit m	Geist
affirmer	behaupten
irritant	ärgerlich
se rappeler qch.	s. an etw. erinnern
pâle	bleich, blaß
angoisse f	(Todes-)Angst
faire pitié à qn	j-m leid tun
sublime	erhaben

vous les ai apportées en disant :
« N'ayez pas peur, chéri !... Ce n'est pas très grave. »

— J'ai oublié.

— Quel dommage !... De l'action la plus noble de ma vie, il ne restera donc même pas un souvenir... Dites-moi, chéri... Avez-vous oublié aussi que, lorsqu'elle s'est enfuie avec Salviati, vous avez voulu vous tuer ?

— Je ne l'ai pas voulu bien fort puisque je ne l'ai pas fait.

— Vous y avez pensé... Vous avez même commencé une lettre pour m'annoncer votre décision... Un jour, en classant des papiers vous me l'avez donnée... Voulez-vous la voir ?

— Certes non.

— Si, si... Vous la verrez... Tenez la voici : « Ma chère petite, je sais que je vais vous faire une peine affreuse. Je vous demande pardon. Je n'ai plus le courage de vivre. Mais je veux, avant de tirer le rideau, vous expliquer bien des choses que vous n'avez pas dû comprendre. Il me semble que j'atténuerai votre douleur en vous montrant que notre mariage fut toujours différent de ce que vous imaginiez. »

— Isabelle, cela m'est pénible.

— Croyez-vous que cela m'ait été agréable ?... « Le secret d'une attitude qui dut si souvent vous sembler étrange, c'est qu'au mo-

souvenir *m*	*Erinnerung*
s'enfuir	*entfliehen, verschwinden*
décision *f*	*Entschluß*
classer	*ordnen, sortieren*
certes	*sicher, bestimmt*
peine *f*	*Kummer*
courage *m*	*Mut*
tirer le rideau	*den Vorhang zuziehen, Schluß machen*
atténuer	*verringern*
imaginer qch.	*s. etw. vorstellen*
pénible	*peinlich*
secret *m*	*Geheimnis*
attitude *f*	*Haltung*

ment de notre rencontre, j'aimais déjà Béatrice de Saulges. Pourquoi vous ai-je alors recherchée, courtisée, épousée ? Parce que Béatrice elle-même venait de se marier, parce que j'espérais l'oublier, parce que je trouvais en vous une tendresse qu'elle ne m'avait jamais donnée, enfin parce que l'homme n'est pas simple et que je croyais très sincèrement... »

— Assez, Isabelle... Brûlez cette lettre.

— Je ne brûle jamais rien... D'ailleurs c'est une lecture très saine... saine pour nous deux... Pour vous faire plaisir je saute deux pages, mais écoutez ceci : « Votre grande faute, Isabelle (car vous aussi en cette triste aventure avez eu des torts), votre plus grave erreur fut cette étrange visite à Béatrice pour la supplier de me décourager et de vous rendre votre mari. Ce jour-là, ma pauvre Isabelle, vous avez trop bien réussi. Vous avez inspiré des remords à une femme qui est, au fond, très bonne. Vous l'avez détachée de moi, mais vous m'avez détaché de vous... C'est depuis cette démarche, Isabelle (démarche que j'ai longtemps ignorée mais que je devinais à mille signes), que j'ai senti Béatrice me fuir et glisser vers Salviati. C'est de cette démarche que je vais mourir. »

rencontre f	Begegnung
rechercher	suchen, s. bemühen um
courtiser qn	j-m den Hof machen
tendresse f	Zärtlichkeit
sincèrement	aufrichtig
brûler	verbrennen
sain	gesund
sauter	überspringen
aventure f	Abenteuer
tort m	Schuld, Unrecht
erreur f	Irrtum
supplier	anflehen
décourager	entmutigen
réussir	gelingen, Erfolg haben
remords m	Gewissensbiß
détacher	loslösen
démarche f	Schritt, Maßnahme
ignorer	nicht wissen
deviner	erraten
fuir qn	j-m entfliehen
glisser	abgleiten, rutschen

— Quel ton théâtral et déplaisant !...

— Ce n'était qu'un brouillon, Bertrand... Mais je veux encore que vous entendiez le dernier paragraphe : « Ne regrettez rien. Ma vie, de toute manière, était achevée et je n'ai jamais désiré atteindre la vieillesse. Accueillez cet événement, comme moi-même, avec sincérité. Vous serez encore aimée, Isabelle ; vous méritez de l'être. Pardonnez-moi si je n'ai pas su vous rendre heureuse. Je n'ai jamais été fait pour le mariage, mais j'ai eu pour vous une affection vraie ; sans doute, si les circonstances m'avaient permis de vivre, me serais-je de plus en plus attaché à vous. Encore un mot : quand Béatrice reviendra, seule ou avec Salviati, faites-lui bon visage. Et si... »

— Faites-moi voir ce papier... J'ai vraiment écrit ces folies ?

— Mais oui, Bertrand... Voyez vous-même.

— Que c'est étrange... Je vous jure que je ne peux même pas retrouver le souvenir de l'homme qui pensa ces choses : « Je n'ai jamais désiré atteindre la vieillesse... » Et me voici, chère Isabelle, au seuil de cette vieillesse.

— Mécontent de la vie ?

— Non, heureux de vieillir près de vous.

— Ce qui prouve, Bertrand, qu'il

déplaisant	unangenehm
brouillon *m*	Konzept, Kladde
regretter	bedauern
achever	be-, vollenden
vieillesse *f*	Alter
accueillir	aufnehmen
événement *m*	Ereignis
mériter	verdienen
affection *f*	Zuneigung
circonstances *f/pl.*	Umstände
faire bon visage à qn	nett sein zu j-m
folie *f*	Narrheit, Wahnsinn
seuil [sœj] *m*	Schwelle
mécontent	unzufrieden
prouver	beweisen

ne faut ni mourir d'amour, ni désespérer d'une conquête.

— Croyez-vous que, dans le domaine des sentiments, les exemples soient des preuves, Isabelle ? Tout demeure possible. Votre démarche auprès de Béatrice a réussi ; elle aurait pu échouer ; elle aurait pu me tuer.

— Il faut prendre des risques et vous êtes bien vivant... Mais vous ne m'avez pas dit ce que je dois répondre à cette belle dame...

— Que demande-t-elle ?

— A nous voir... A dîner ou à déjeuner avec nous... Enfin ce que vous voudrez.

— Elle va nous raconter son tour du monde... Bali... Angkor... Honolulu... Ce sera d'un ennui mortel. Trouvez une excuse.

— C'est impossible, Bertrand ; elle me croirait rancunière... Et d'ailleurs cela m'amuse plutôt.

— Quel plaisir trouvez-vous à rencontrer une femme dont vous me dites qu'elle vous a fait durement souffrir ?

— Le plaisir que l'on trouve après une difficile traversée à se retrouver sur la terre ferme... La vue de Béatrice, en me rappelant mes angoisses passées, me fait mieux goûter ma sécurité présente... Et puis, je la trouve très gentille, moi, votre amie.

— Vous la détestiez.

— Je la détestais quand elle

courait après vous, quand elle vous troublait, quand elle me remplaçait... Maintenant je reconnais qu'elle est une femme délicieuse et que vous aviez eu fort bon goût... Cela me fait plaisir.

— Vous savez, Isabelle, que je suis en ce moment très fatigué et que je redoute plus que tout les conversations inutiles ; ne me les imposez pas.

— Je vous épargnerai toutes les autres, pourvu que vous m'accordiez celle-ci...

— Vous n'allez pas me dire, Isabelle, que c'est pour *vous* être agréable que je dois recevoir Mme de Saulges ?...

— Mais si, Bertrand.

troubler qn	*j-n verwirren*
remplacer qn	*j-n ersetzen, vertreten*
délicieux	*großartig, fabelhaft*
goût *m*	*Geschmack*
fatigué	*müde*
redouter	*sehr fürchten*
imposer qch. à qn	*j-m etw. aufzwingen*
épargner	*ersparen*
pourvu que	*vorausgesetzt, daß*
accorder	*gewähren*
recevoir	*empfangen*

Langenscheidts Schulwörterbuch Französisch

Französisch-Deutsch/Deutsch-Französisch in einem Band.

Neubearbeitung. Von Michel Mercier und Wolfgang Löffler.

606 Seiten, Format 9,6 × 15,1 cm, Plastikeinband.

Dieses praktische, handliche und zugleich moderne Wörterbuch mit rund 45 000 Stichwörtern und Wendungen wurde besonders für den Gebrauch in der Sekundarstufe I, also für den Bereich der Hauptschule, Realschule und Gymnasium entwickelt.

Die Stichwortauswahl ist auf die in den Schulen am häufigsten benutzten Lehr- und Lesebücher abgestimmt.

Neben zahlreichen Anwendungsbeispielen und Redewendungen enthält es u. a. Angaben zur Aussprache in der Internationalen Lautschrift und Hinweise und Erläuterungen zur Grammatik.

Langenscheidts Taschenwörterbuch Französisch

Teil I: Französisch-Deutsch
Von Dr. E.E. Lange-Kowal.
576 Seiten, Format 9,6 × 15,1 cm, Plastikeinband.

Teil II: Deutsch-Französisch
Von Dr. E. Weymuth.
640 Seiten, Format 9,6 × 15,1 cm, Plastikeinband.

Beide Teile auch in einem Band.

Dieses handliche und doch erstaunlich umfassende Wörterbuch enthält mit rund 95 000 Stichwörtern und Wendungen in beiden Teilen den modernen Wortschatz der Umgangs- und Fachsprache. Es ist für den Gebrauch in der Schule und im Beruf ebenso geeignet wie für die Reise und fremdsprachliche Lektüre.

Langenscheidts Universal-Wörterbuch Französisch

Französisch-Deutsch/Deutsch-Französisch in einem Band.

464 Seiten, Format 7,2 × 10,4 cm, Plastikeinband.

Dieses praktische, kleine Nachschlagewerk mit dem überraschend großen Wortschatz von rund 30 000 Stichwörtern und Wendungen paßt bequem in jede Tasche. Es ist nützlich auf Reisen, für Lesen und Lernen.

Französisch fürs Gespräch

Von Monique Peltre.

259 Seiten, Format 11 × 18 cm, kartoniert-laminiert.

Angefangen von der Begrüßung bis zu Themen wie Verkehr, Sport, Kunst und Wissenschaft werden hier idiomatische Redewendungen und Ausdrücke aufgezeigt, mit denen zusätzliche Sicherheit in der Unterhaltung mit dem fremdsprachigen Gesprächspartner gewonnen werden kann.

Langenscheidts Verb-Tabellen Französisch

Bearbeitet von Dr. Hermann Willers.

64 Seiten, Format 12,4 × 19,2 cm, kartoniert-laminiert.

Musterbeispiele für alle Konjugationsklassen der regelmäßigen und unregelmäßigen Verben.

In Tabellen übersichtlich dargestellt und somit leicht erlernbar. Dazu eine Liste der wichtigsten unregelmäßigen Verben, jeweils mit Verweis auf die entsprechende Konjugationstabelle.

Langenscheidts Lern- und Übungsgrammatik Französisch

Von Dr. Hermann Willers.

222 Seiten, 12,4 × 19,2 cm, kartoniert-laminiert.

Alle wichtigen Erscheinungen der Grammatik sind aufgenommen und in einprägsamer Form dargestellt.

Zahlreiche Beispiele und die gründliche Lern- und Übungssystematik machen diese Grammatik zu einem vortrefflichen Hilfsmittel bei Wiederholung und häuslicher Arbeit.

Langenscheidts Kurzgrammatik Französisch

Von Dr. Hermann Willers.

64 Seiten, Format 12,4 × 19,2 cm, kartoniert-laminiert.

Kurzgefaßt, übersichtlich geordnet enthält sie alle wichtigen grammatischen Regeln und Eigenheiten der Fremdsprache. Diese Grammatik ist für ein rasches Nachschlagen ebenso geeignet wie Festigung von Kenntnissen.